CLASSIC

摆渡船当代世界儿童文学金奖书系

怪物保姆之
探秘地下世界

［芬］图迪科·托鲁森　著

崔可　译

北京出版集团
北京少年儿童出版社

版权合同登记号

图字：01-2023-2529

怪物保姆之探秘地下世界
Mörkö-reitti
Copyright text © Tuutikki Tolonen 2016
Copyright illustrations © Pasi Pitkänen 2016
Copyright work © authors and Tammi Publishers 2016
Original edition published by Tammi Publishers 2016
Simplified Chinese edition published by agreement with Tuutikki Tolonen, Pasi
Pitkänen and Elina Ahlback Literary Agency, Helsinki, Finland through The
Grayhawk Agency Ltd.

图书在版编目（CIP）数据

怪物保姆之探秘地下世界 ／（芬）图迪科·托鲁森著 ；
崔可译. — 北京 ：北京少年儿童出版社，2023.7
（摆渡船当代世界儿童文学金奖书系）
ISBN 978-7-5301-6460-0

Ⅰ．①怪… Ⅱ．①图… ②崔… Ⅲ．①儿童小说—长
篇小说—芬兰—现代 Ⅳ．①I531.84

中国版本图书馆CIP数据核字（2022）第237339号

摆渡船当代世界儿童文学金奖书系
怪物保姆之探秘地下世界
GUAIWU BAOMU ZHI TANMI DIXIA SHIJIE
［芬］图迪科·托鲁森　著
崔可　译

*

北 京 出 版 集 团
北京少年儿童出版社　出版
（北京北三环中路6号）
邮政编码：100120
网　　址：www．bph．com．cn
北京少年儿童出版社发行
新 华 书 店 经 销
北京同文印刷有限责任公司印刷

*

880毫米×1230毫米　 32开本　 9.125印张　 165千字
2023年7月第1版　 2023年7月第1次印刷
ISBN 978-7-5301-6460-0
定价：38.00元
如有印装质量问题，由本社负责调换
质量监督电话：010-58572171

捧起厚厚的漂亮

梅子涵

你已经是一个十来岁的小孩了吗？那么你应该捧起一本厚厚的文学书了。是的，厚厚的文学书，一个长长、曲折的故事，白天连着黑夜，艰难却有歌声嘹亮。

当你捧起，坐下，打开，一页页翻动，一章章阅读，你竟然就很酷很帅，你是那么漂亮了！

因为你捧着了文学。因为你有资格安安静静读一个长长的文学故事。你走进它第一章的白天的门，踏进第二章夜晚的院子，第二十章……最后从一个光荣的胜利、温暖的团聚、微微惆怅的失去里……

走出来。亲爱的小孩，你知道这也是一种光荣吗？文学的文字给了你多么超凡脱俗的温暖亲近。你是在和情感、人格、诗意团聚呢！而这一切，对于一个没有资格阅读的小孩和大人，又是多么惆怅的缺丧，如果他们连这缺丧也感觉不到，那么就算是真正的失去了，失去了什么？失去了生命的一个重大感觉，失去了理所当然的生命渴望。

我知道，你会说："我听不懂你说的！"可是我确定，你阅读了一本本厚厚的文学书，阅读过长篇小说以后，就会渐渐懂了。因为到了那时，你生命的样子更酷更帅更漂亮了，你闪烁的眼神里满是明亮。

我真希望我是一个和你一样的小孩，我就开始捧起一本厚厚的文学书，我要读长篇小说了！

目录

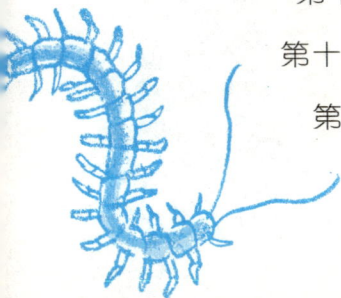

前情提要

　　暑假里，一个寻常的早晨，从不外出的妈妈中了大奖，要去拉普兰旅行。主办方还安排了专职保姆照顾孩子们——十一岁的海莉、九岁的柯比和六岁的咪咪。谁也没有想到，贴心的保姆竟然是个满身灰尘的大怪物！本该回家的爸爸因暴风雪一再推迟归期。从未离开过父母的孩子们不得不和臭烘烘、灰扑扑的大怪物一起度过没有大人在家的时光。

　　孩子们从图书馆借来一部科学著作，科学家茹纳尔记录了他遇到的怪物。尽管这部作品出版后，茹纳尔被认定为精神病患者，并且失踪了，孩子们却明白，书中记载的都是真的。从那部著作中，他们了解到，怪物性格温顺、爱吃干枯树叶。聪明的孩子们也很快发现，很多孩子和他们有一样的处境：各自家里都有一只受过训练的大怪物，正扮演着保姆的角色。原来，中奖是个幌子，这其实是一个神秘的实验和未知的阴谋。

咪咪有一件能预知未来的神秘浴袍，还会说话呢。它不断为咪咪解答关于怪物的问题并给她提建议，提醒孩子们小心未知的生物，比如怪物的天敌青蛙精灵。浴袍告诉咪咪，怪物是群居动物，天性爱自由，在人类的家中做保姆是对它们的奴役。怪物们必须找到所有的伙伴一起行动，才能回到属于自己的地方。

孩子们开始帮助怪物寻找彼此。与此同时，格拉也在不停地画着回家的地图，做着必要的准备。爸爸在飞机延误两天后终于回到家中，照顾起孩子们的起居。怪物不再继续照料孩子们的事实最终被实验背后的控制者发现，怪物也被人类发现。三个女巫动身寻找失踪的怪物，但被机智的孩子们搪塞过去。

神秘实验失败了。在实验结束的那个圆月之夜，爸爸带着孩子们来到森林的石壁处，帮助怪物们回家。格拉凭借科学著作中老怪物的画像，成功召集了所有怪物，并从石门中拿到钥匙，老怪物也现身了。最后，老怪物带领着其他怪物，从石壁回到了地底下。

当一切归于平静，爸爸和孩子们准备回家时，才发现咪咪不见了。原来，她听到了浴袍的建议，跟随格拉一起跑进那个石头大门，进入了地下世界，在那里遇到了一个白发苍苍的守门人……

第一章　地底的地上鸟

想在地底下找到怪物，要怎么做呢？咪咪拿不定主意。

地下甬道光线昏暗，内壁布满了青苔。咪咪眯起眼睛，想努力看得更远一点。格拉不见了，那圆圆的毛茸茸的脑袋，那黄黄的网球一样的眼睛——眼神总是充满野性，还有沾满泥土的厚重的毛发，都不见了踪影。毫无疑问，怪物自顾自地先走了。

它为什么不等咪咪呢？难道它没发现，咪咪偷偷跟着它，来到地底下了吗？奇怪了。

咪咪拍了拍身上的蓝色浴袍的口袋，小声对它说："嘿！你醒了吗？回答我！快吱个声。"

浴袍没有回应。自从它和咪咪一起来到地底下后，就再没开口说过一个字。

咪咪几乎能断定，浴袍是在闹脾气。

守门者又在哪儿呢？咪咪本想敲开门，二话不说一头冲进去。可守门者把门关上后，门就立马消失了，或者说，就像从来都不存在一样。墙上的青苔纠缠交错，那道门就像是融化在了墙里。

真是太奇怪了！

明明上一刻咪咪还在门里面，坐在守门者温馨的小山洞的地面上，小口呷着酸涩的树根汤。守门者在它狭小的房间里哼着小曲，来回转悠。它把东西收拾好，装进一个小小的旅行袋里，因为它答应要送咪咪到怪物们住的地方去。

咪咪不知道守门者到底是什么生物。肯定不是人类，但也绝对不是怪物。它看起来就像一只和蔼的大虫子，长长的头发披在身上，像披着曳地的披风。只有那光着的青棕色脚指头，会在走动时，在头发披风的衣摆下，若隐若现。

"马上就收拾好啦，我们这就出发。"守门者自言自语地念叨着。

它把壁炉里的火熄掉，又去吹灭蜡烛。大概是一时疏忽，守门者把最后一支蜡烛也吹灭了。房间突然之间陷入黑暗，就像掉进一个黑黢黢的麻袋里。

"树根这老东西，"守门者生气地咕哝道，"我把你送到走廊去吧，那儿有点光亮。你们地面上的人，没有光就什么也看不见，是吧？"

咪咪听见守门者朝她走来的轻软脚步声。它搭住了她的肩膀。

"跟我来，小云雀，我来给你带路。"它和蔼地说道。咪咪只好把盛树根汤的碗放在地上，起身跟着守门者，穿过漆黑一片的小洞，朝门口走去。守门者打开门，轻轻地把咪咪推到走廊里。

"这儿有光，你在这里等我，我一会儿就回来。就在这里待着，别乱跑，不然会迷路的。也不要碰墙上的小亮点，它们会咬人。"

咪咪害怕地瞥了一眼青苔墙面，那里有爬来爬去的小亮点。它们忽明忽暗，看起来像是在呼吸一般。

守门者对咪咪点点头，再次嘱咐道："离它们远一点，小云雀。它们有可怕的牙齿，像火一样。被它们咬过的地方都会火烧火燎的，而且还会发光。好啦，你在这儿等着吧，我很快就回来。"

随后，那扇门就在咪咪面前"砰"的一声关上，消失不见了，留下咪咪一个人。她孤零零地待在这昏暗的走廊。墙上的青苔里，那些咬人的小亮点爬来爬去。其实，咪咪倒也不算孤零零一个人，因为这还有不肯开口说话的浴袍。

"浴袍，你听得到吗？"咪咪小声说道。她把手插进浴袍的口袋里，接着说："我有很重要的事情要问你，能听见吗？"

一片安静。

"我知道你在听，呆子！那好吧，你说，格拉有没有发现我跟到这儿来了？它知不知道我在这里呀？"

浴袍没有回答，咪咪接着说："就算它没有看见，肯定闻得到吧，你说是不是？怪物的嗅觉可是很灵敏的。"

浴袍还是毫无反应。

"但它跑到哪儿去了？它怎么还没来找我？"咪咪又问。

没有回答。咪咪只好叹了口气。

"都这个时候了，你能不能别赌气了呀？这件事非常重要，知道吗？"

浴袍依然保持沉默。

"你有时候是真的很蠢！"

还是没有回应。

"那不然你告诉我，守门者到底什么时候回来？还有，怪物的家离这儿远吗？"咪咪的耐心被耗尽了。

甬道里一片安静，浴袍还是没有回答。

"真的是太太太不讲理了！"咪咪彻底生气了，"你自己跟我说'我们走吧'，现在我们到这儿了，你却不肯开口了。太过分了！"

说完这些，咪咪就再也不说话了。

墙上的门突然打开了。

"你还在这儿站着呢，地上来的孩子。"守门者和蔼地说。

"当然了。"咪咪答道。

"很好。一切都准备好啦，现在我们出发吧。过来看看，我给你找来了什么？"

守门者小心翼翼地捧着一小团毛茸茸、软乎乎的东西。

"那是一只小狗狗吗？"咪咪吃惊地问。

"啊？当然不是，这是你的旅行服。"守门者回答道，"喏，给你，打开看看吧。"

咪咪接过那个毛茸茸的团子，把它摊开。

"看起来像个枕套。"她说着，用手抚摸着衣服那厚厚的青苔表面，它有着丝绸一样冰凉而柔软的触感。

"这可不是枕套，是货真价实的隐身衣，现在已经很稀有啦。穿上它，谁都不会怀疑你了。"守门者得意地解释道。

"怀疑我什么?"咪咪问道。

"怀疑你是从地面来的，小云雀。"守门者继续耐心地说，"有需要的时候，你可以在里面睡觉，它是个藏身的好地方，躲进去后谁也发现不了。快穿上吧!"

"但我身上已经有衣服了呀，"咪咪不情不愿，"穿太多衣服我会热的。"

守门者打量了一下咪咪身上那件又旧又脏的浴袍，"要不然，你把身上这件蓝色的衣服脱下来?"

咪咪显然很意外。对哦! 她怎么没想到，可以把浴袍脱下来! 而且也许这样可以吓唬吓唬浴袍，好让它清醒清醒。

"好主意，"咪咪故意大声地说道，"那我把这件浴袍脱下来，就扔这儿。除非它现在回答我点什么。"

"回答什么?"守门者问道。

"不知道呀。"咪咪说。

她把隐身衣递给守门者，打开浴袍的粘扣，一个接着一个，发出窸窸窣窣的声音。浴袍就像普通的蓝色布团一样摊在甬道的地上。

咪咪紧紧盯着布团说道："这会儿还来得及。说一个字也行，听见没有？"

"我怎么听不懂呢？"守门者一脸迷惑。

"我也不懂。"咪咪气鼓鼓地说道，"把那个毛茸茸的裙子给我吧！我现在就来试试。"

守门者把隐身衣递回咪咪手里。咪咪翻来翻去，终于找到可以钻进去的入口。隐身衣像是会主动帮忙一样，袖子自动套到手臂上，然后"嗖"的一下，脑袋也轻松地冒了出来。隐身衣像空气般轻薄，舒适地罩住咪咪的周身，就像温暖的拥抱。咪咪这会儿看起来就像是一个长了脑袋和四肢的靠枕。

守门者满意地点点头。"你准备好啦，现在我要履行承诺，带地上来的孩子去怪物那里。"

咪咪没有回应，只是紧紧地盯着浴袍。她敢肯定，起码在这个节骨眼上，浴袍要站起来，然后开始乖乖听话。但是蓝色的布团仍然一动不动地躺在昏暗甬道的地面上，毫无生气。

"我们出发吧？"守门者问道，"要不你把那蓝色的衣服带上？"

"我不带。反正它会自己走的。"咪咪的语气硬邦邦的。

"自己走？"守门者吃了一惊，"你们地面上的衣服都会自己走路吗？"

"当然，只要它们自个儿乐意。"咪咪答道。

守门者一脸不可置信的表情，"真的假的？呃，那还挺好的，"它咕哝着，"那，我们现在出发吧？你的衣服要是愿意的话，可以自己走路，跟在我们后面。走着走着，路程就短了。这话是我常说的。"

咪咪仍然一动不动地站在原地。

"我们还不走吗？"守门者问道，"我觉得最好现在就动身。"

"那就走吧。"咪咪听上去不太开心。

守门者点了点头，"很好。这边来，小云雀。"

它转了个身，长发披风随着它的脚步，随意地甩向甬道的暗处。咪咪最后看了一眼躺在地上的布团，转身跟上守门者。她穿着新换上的毛裙子，头也不回地向前走去。

第二章　蚂蚁穴

"啊嘶——蚊子太多了！"海莉一边拍着自己的脖子，一边大叫起来，"我们回家吧，这儿什么都没有。怪物的门已经消失了，钥匙没找到，咪咪也不见了。这儿除了蚊子，什么也没有！"

"再等一会儿。"柯比咕哝着看向林间空地、蕨类植物和石壁。他看着岩石旁边那棵被砍掉的树和它那巨大的根系。那里原先是怪物的回家之门，现在却不见了。岩石上连一条细小的裂缝都没有。这一切就像是一场梦：圆月下低声吼叫的怪物，滑动时声音尖锐的石门，朝着地底下的家跑去的怪物队伍，它们的脚步"咚咚"作响。这些又或许都是真的？至少怪物都不见了踪影。是的，咪咪也不见了。

柯比一手拿笔，另一只手拿着一个打开的小本子。

本子的第一页上一丝不苟地写着"计划"两个大字，却再没了下文。这个"计划"其实根本就不存在，它只在柯比的脑子里，并没有成形。紧迫的境况和海莉的喋喋不休非常影响他思考。柯比以前从来没有发现，海莉的话竟然这么多。这会儿咪咪不在，他真真切切地感受到了。现在哪怕能把一件事情捋清楚，也算是奇迹了。

"不行，就现在，我们马上回去！"海莉不耐烦地吼道，一边用手驱赶着蚊子，"每个地方都找过了，什么都没找到。我们得搞清楚咪咪是什么时候不见的，然后想个办法。再说了，我现在浑身上下哪儿都痒。我听说，如果被蚊子叮咬得太严重，就会发烧的。我现在不能生

病，我下周还要参加足球训练营，明白吗？"

柯比叹了口气，也许海莉是对的。森林里除了海莉、柯比，以及成千上万的蚊子外，什么都没有了。又或许还有几个志愿者在转悠，他们参加了警察组织的大规模搜索行动，寻找那个所谓的巨大的"神秘生物"。但显然他们只会一无所获，因为怪物们已经离开了，跟咪咪一起跑到了地底下。

"好吧，我们回家吧。"柯比泄了气。

他们深一脚浅一脚地穿过蕨类植物的海洋，朝着林间小路走去。

"要是我们求妈妈的话，她也许会给我们更多时间来找咪咪。一天一夜的时间太短了。"柯比说道。

"我可不信。你为什么要对爸爸妈妈撒谎，说我们知道咪咪在哪儿？"海莉问。

柯比耸了耸肩，"他们太担心了，而且我们也大概知道咪咪在哪里。她跟着怪物跑到地底下去了，不是吗？"

"地底下又不是什么小地方。"海莉说道。

她瞥了眼空地对面那片茂密的杉树林。有什么东西在移动吗？海莉眯起眼睛。杉树枝丫间有红色的东西一闪而过，动作平缓，像是飘过去的一样。

"怎么了？"柯比问道。

"那边有人。"海莉答道。

柯比弯腰躲到蕨类植物后面，"嘘——"他示意海莉不要出声。

海莉赶忙在柯比的旁边蹲下。"那是什么？"她小声问道。

"不知道，一个绿色的东西。"柯比悄声说。

"我觉得那是红色的。"海莉小声反驳。

"不，明明是绿色的。"柯比说。

"笨蛋，整个森林全都是绿色的！"海莉极力压低声音说道。

柯比把蕨类植物往旁边拨了拨，以便看得更清楚点。海莉迅速转头瞥了眼身后。柯比推了推海莉的胳膊，不过海莉已经看到了同样的一幕：树林中有三个女人，正径直朝他们的方向飘来。她们的皮肤苍白如纸，头上梳着高高的发髻。一个穿着红裙子，一个穿着绿裙子，还有一个穿着石英灰色的裙子。柯比和海莉在原地定住了。时间一分一秒地过去，他们直勾勾地盯着那三个女人。她们那尖尖的鼻子和苍白的脸，正离他们藏身的蕨类植物丛越来越近。

海莉和柯比当然知道这些女人是什么来头，她们是地底下的什么女巫，而且可能和怪物来到地上这件事有关，不过再具体的情况就不清楚了。这些女巫肯定想找到怪物。之前就有女巫在这里转悠，而且都不是什么善茬。眼下，怪物她们是找不到了，海莉和柯比希望自己也不要被她们找到。

　　女巫们越来越近，诡异的是，她们的衣角却纹丝不动，脚下也悄无声息，连一丁点儿树枝被踩断的"咔嚓"声都听不到。到达空地后，女巫们分头行动，看起来似乎在找什么东西。她们弯腰贴近地面，用苍白的手翻找蓝莓灌木丛，但一无所获。过了一会儿，女巫们停止了搜寻，径直朝着柯比和海莉藏身的蕨类植物丛飘过来。

　　成群的蚊子在海莉身边飞来飞去，但海莉不敢挥手驱赶它们。她甚至都要屏住呼吸了。如果女巫们继续往前，十秒钟后，她们就会被海莉和柯比绊倒。

　　突然，红袍女巫停了下来，她在地上发现了什么。其他两个女巫也飘到了她身边。三个女巫在那里站定，仔细查看她们找到的东西。然后，她们倾斜着身体掠过蕨丛，向另一个方向飘去了。到达巨大蚂蚁穴后，她们停了下来。

　　柯比和海莉惊讶地交换了个眼神。

　　红袍女巫把手伸向蚂蚁穴的上方。柯比眯起眼睛，努力想看清她手里拿的是什么。女巫用手指夹着一个小小的东西，柯比突然意识到，那是怪物岩石之门的钥匙！女巫们抢在柯比和海莉之前，在森林里找到了钥匙。

　　红袍女巫弯下腰，把钥匙放到蚂蚁穴的中央。蚂蚁抓住钥匙后，就开始移动起来。女巫们后退了几步，站在离蚂蚁穴不远的地方，似乎是在确认什么情况。随后，她们转过身，朝着蚂蚁穴后面茂密的森林飘去。没过多久，她们就飘到了树丛中间，而后飘到树丛后面，直至完全消失不见。

"再等等。"柯比挥手驱赶蚊子，悄悄说。

过了一会儿，他站起来，蹑手蹑脚地朝蚂蚁穴走去，海莉也尽量悄无声息地跟在后面。

"它已经不在这里了。"柯比失望地小声说。

"什么东西？"海莉问。

"你没看见吗？那是怪物的钥匙。"柯比悄声说。

"真的假的？那它现在去哪儿了？"海莉倒抽了一口气。

"蚂蚁们拿到了钥匙。它会不会在蚂蚁穴里面？"柯比回答说。

海莉环顾四周，"它难道不是被送到那儿去了吗？"她小声说道，用手指向空地的边缘，也就是空地和森林的交界处。

千真万确！钥匙正在森林边缘的灌木丛里飞快移动，好像自己长了脚一样。

"这些蚂蚁速度好快啊！"柯比吃了一惊。

"但还是没有我快。"海莉跃跃欲试。

"追上它！"柯比悄声说。显然晚了一步，海莉已经闪电般地追向钥匙。她速度很快，甚至可以说是整个赫尔辛基东部地区跑得最快的女生。没一会儿，她就跑到了钥匙旁边，伸手去抓它。可就算她是天生的强盗，这一回她也没有得逞。

"啊嘶——"她飞快地把手缩了回来，"它们咬我！"

"这么严重吗？"柯比无法相信。他这会儿已经追到了海莉身旁。

"啊呀呀呀——"海莉痛得甩着手指，哇哇乱叫。

"你看到它们是怎么攻击我的了吗？它们有特别锋利的牙齿，我的手都要流血了！蚂蚁怎么会有牙齿！"

柯比担心地看了看海莉的手指，还好没有流血。但是钥匙跑掉了。海莉面色沉重地吮着自己的手指，柯比迅速向四周张望。

"钥匙去哪儿了？"柯比问道。

海莉的目光从手指上抬起来，说道："它逃到那儿去

了，大杉树的树根那儿。"

没错。钥匙快速地逃走了。柯比从来都不知道，蚂蚁竟然可以跑得这么快！他迈开大步去追钥匙，但仍然迟了一步。在杉树树根那里，钥匙以迅雷不及掩耳之势被运进地底下，然后消失不见。

海莉跑到柯比身边。"它去哪儿了？"她甩着手指问道。

"蚂蚁把它运到那儿去了。"柯比说着，用手指了指地面的缝隙。

海莉弯下腰仔细观察。"哦嚯！"她惊讶道。

缝隙很小，看起来就是一条普普通通的地缝。地缝处有两列连续不断的蚂蚁队伍，一列从地底涌出来，另一列爬回地底去。

"那儿肯定是女巫养的尖牙蚂蚁的另一个窝。说不定它们要把那把钥匙当作晚餐吃掉。"海莉愤愤不平。

"不太可能。"柯比回答说。

"为什么？"

"你想想，女巫们怎么会把钥匙给蚂蚁当食物呢？"

"什么意思？"海莉问道。

"女巫们很想拿到钥匙，不是吗？她们刚刚一直都在找它！没有合理的理由，她们是不会把钥匙扔给蚂蚁的。"

"真的吗？那是什么理由呢？"海莉问道。

“我猜，那个蚂蚁窝就像是邮局，可以通过它向地底运送东西。”

海莉没有说话，她若有所思地看着蚂蚁队伍，还有那条小小的地缝。她吸着自己的手指，然后缓缓地点了点头。

“你的猜想也许是对的。让我们来做个试验，证实一下。”

“什么试验？”柯比惊讶地问道。海莉平时对试验可没什么兴趣。

“从你的笔记本上撕张纸给我。”海莉说道。

柯比从他的笔记本上撕下一张空白页递给了海莉。“快说说看，我们现在要干吗？”他焦急地问道。

“给咪咪发送消息。把笔给我。”海莉回答。

柯比把笔递了过去。海莉把纸铺在石头上，开始画画。笔沙沙作响，偶尔会戳破薄薄的纸张，但她仍然接着画下去。

“你画的是什么？”柯比问。

“当然是我们一家呀。得画点咪咪能认出来的东西。”

"咪咪怎么能认出来那就是我们一家呢？"柯比看着海莉画的五个简笔小人怀疑地问道。

"我还没画好呢。"海莉咕哝着，给其中一个孩子画上了鸭舌帽，另一个的胳膊下夹了本书。然后她画了一件站立着的浴袍，它的胳膊搂住了这五个小人。

柯比迟疑地点了点头。可能吧，谁知道呢！反正咪咪确实挺机灵的。

海莉把那幅画叠成小方块，小心翼翼地放到蚂蚁队伍中去。蚂蚁们纷纷躲开，但是没有停下来。它们只是单纯地绕开了那纸块，就像它根本不存在一样。

"是不是得把它放到蚂蚁窝里才行？"柯比建议说。

"有可能。"海莉说，"但是我不敢把它拿回来，它们会咬人，还记得吗？"

"你看！"柯比悄悄说。

有几只蚂蚁围着纸块打量了几圈。然后纸块突然动了起来。

"它动起来了。"柯比说道。

纸块摇晃着从地上被轻轻抬起，然后开始前进。是爬向地缝的蚂蚁队伍。几秒钟的时间，纸块就跟着蚂蚁们，晃晃悠悠地进入了地底下。

海莉轻轻地吹了声口哨。

"通往地底的路线大概是找到了。"她说道，"可惜的是，门有点儿太小了。"

第三章　谁是幕后操控者

守门者沉默着一摇一摆地往前走，发出"吭哧吭哧"的声音，长发披风也跟着摆动。咪咪不明白它为什么会发出这种声音，但听起来还挺亲切的，而且让人有安全感。守门者不时用它那赤裸的大脚拍打着地面，这又是什么原因呢？咪咪也不知道，大概它的脚底粘了泥块吧。

咪咪跟在守门者身后，就像毛茸茸的小枕头掉在了地上。树根从四面八方伸出来，很容易把人绊倒。幸好隐身衣很软，摔倒时可以缓冲一下。

"还有很远吗？"咪咪问道。

"很快你就知道了。"守门者慈祥地回答道。

"为什么是很快？你现在也不知道吗？"咪咪很惊讶。

"我还真不知道。谁能知道呢？路程可能很远，也可能很近。我不知道这一次是什么情况。"

"这一次是什么意思？难道它还会变化吗？"咪咪问道。

"当然啦。"守门者回答。

"好奇怪啊。"咪咪很疑惑。

"一点都不奇怪呀。我们就这样走着，正确的大门就会找到我们。我们到了它那儿，它就会打开。我不知道具体什么时间、什么位置，但只要我们走到它那儿，它就会打开。所以我们要一直走下去。"

咪咪环顾了一下四周，看了看青苔墙面、头顶上的树根，以及脚下的泥巴路面。她又看了看墙上那些爬来爬去的小亮点，就是没有看见门。

"那些门是什么样子的呀？"她问道。

守门者善意地大笑起来，"它们藏了起来，藏得很好。"

"假如我们不小心走过了，错过了门怎么办？"咪咪问道。

"你没搞明白，地上的小鸟。你只需要往前走，你的门就会找到你。"守门者耐心地解释道。

他们安静地继续走了一小会儿。咪咪又开口问道："地下的门有很多吗？"

"对啊！比泥土里的树根还要多呢。"守门者回答说。

"每一个门都有守门者吗？"

"当然了。"

"那你认识那些守门者吗？"咪咪问道。

"我吗？当然不认识。每个守门者都只会守在自己的门前。"

"那你怎么离开了自己的门？要是有人去那儿了怎么办？"咪咪问。

守门者又大笑起来。"因为你从那儿进来了呀！现在我就得看护着你，这是守门者的职责。"

"我是你看守的囚犯吗？"咪咪大吃一惊。

"囚犯？当然不是，地上来的小云雀。我看护着你，是为了保障你的安全。我只是帮助和保护你。"

"啊！"咪咪大叫一声，摔倒在地。

"你怎么又摔倒了？"守门者有点恼了。

"这儿烦人的树根太多了！"咪咪说道。

"起来吧，小云雀。"守门者说着，伸出它那青棕色的手。

咪咪抓住它的手，让自己站了起来。守门者盯着咪咪把隐身衣抚平，开口道："小云雀，你说，你的怪物知道你来找它了吗？"

咪咪不确定地耸了耸肩。她不想让守门者发现，自己也在为这个担心。虽然只有一点点，但她还是担心。

"它当然会知道。或者至少能闻到。它看到我肯定会很高兴的。我们是朋友。更准确地说，它是我的真心好朋友。"咪咪解释说。

"真心好朋友？"守门者意外地重复道。

"你不知道这个词代表什么意思吗？"咪咪问。

"我当然知道。"

"那你为什么用那种眼神盯着我？"

"我不是有意的。"守门者抱歉地说，"我就是突然想起来，我以前也听过，人类是怪物的真心好朋友。但那是很久以前的事了。"

"真的吗？那个人类是谁呀？"咪咪来了兴趣。

"那我就不知道了。他从我的门进来，不过当时和怪物一起，所以我没有去送他。但愿他没在地下迷路。怪物应该赶在地下的门关起来之前把他送回地面了吧。但他们没再经过我的门。好了，快过来吧。"

守门者转身继续往前走。咪咪说："哎呀，你老是说地下的门都已经关起来了，但说不定还是有办法打开的，不然其他那些怪物，都是怎么到地上来的呢？"

守门者又忍不住大笑起来。"当然是我给它们开的门！我收到大中心的指令，要为它们开门，还收到了钥匙。门开后，钥匙就会被收回去。"

"哎呀！"咪咪惊呼一声，栽了个大跟头。

"哎呀呀，你怎么又摔了。"守门者说道。

"又摔了！"咪咪趴在地上，抬头看着守门者说。

"为什么大中心要把怪物送到地面上去照顾孩子呢？"

守门者耸了耸它那长发披风下的溜肩，"这个我就不知道了。但肯定不是怪物自己要去的。它们不可能自己做出这个决定，一定是怪物背后那些有权力对它们发号施令的人。"

"谁？"咪咪一边问，一边自己爬了起来。

"你的隐身衣脏了。"守门者好心提醒道。

"哎呀！"咪咪气恼地抱怨。用手拍了拍衣服。"到底是谁呀？"

守门者盯着手忙脚乱的咪咪看了一会儿才开口道："我的直觉告诉我，怪物背后是那些最老的女巫。只有她们能打开地下的门。但是她们为什么要这么做，我就不知道了，想破脑袋也想不通。"守门者一边说一边摇头。

"那些老女巫是谁呀？"咪咪问道。

"她们是现阶段地下世界的掌权者，已经掌权很久了。"守门者不满地皱了皱眉头，"久得有点儿过头了。"

"所以她们现在是老得变糊涂了吗？"咪咪同情地问。

守门者摇了摇头，"她们一直都这么老。而且她们并不关心怪物。怪物对她们来说，不过是无足轻重、灰扑扑的生物而已。"

"你说什么？"咪咪倒抽一口气。

守门者接着说道："而且所有的老女巫一直都很害怕人类会找到这里来。"

"她们也怕我吗？"咪咪感兴趣地问道。

"你太小了，她们不怕你。"守门者打量着她，"但我

们最好还是接着赶路，不要让女巫们发现你。你说对吗，小云雀？"

"你对她们撒谎了吗？"咪咪紧张地问道，语气焦急，"你是不是个叛徒？"

"什么？"守门者惊讶地问。

"哎呀！"咪咪突然大叫一声，再次扑倒在地上。

"真是够了。"守门者严肃地说。

"你没看见我是不小心吗？哪个人会故意摔倒啊？"咪咪气鼓鼓地说。

"你误会啦，我是在说这些缠着你的树根！现在它们得消停点。我本来不想这么做的，但现在也没有别的办法了。"守门者说。

它笨拙地在咪咪旁边蹲下。只听见一声尖锐的"咔嚓"，缠在咪咪脚上的树根就松开了。

"谢啦！"咪咪说着，活动了下脚腕。

"现在你把这截树根揣进隐身衣的口袋，地上这些树根就不敢再骚扰你了。"

"为什么不敢了？"咪咪问着，伸出手接过了守门者递过来的那截树根，"那些树根怎么知道，我口袋里装的是什么？"

守门者费力地站起身来。

"它们自然会知道的，都是老树根了。"他一边回答一边用手理了理自己的长发披风。

咪咪把树根塞进隐身衣唯一的一个口袋里。它就像专门为树根准备的一样，又窄又深。可能地底下的人有用口袋装树根的习惯吧，毕竟这甬道里除了树根，也没有什么别的东西可以往口袋里放了。

"过来吧，小云雀。"守门者说着，伸手扶咪咪起来。

咪咪拍掉隐身衣上的尘土，点了点头。"走吧。"她说道。

她们接着往前赶路。虽然甬道看起来还和之前一样，但一切又似乎突然间有所不同。旅途好像更容易，行进的速度似乎也更快了。过了好一会儿，咪咪才反应过来是怎么回事：再也没有一根树根缠住咪咪了。原来，守门者说的都是真的。

第四章　柯比的研究：第一部分

柯比打开线圈本，翻开了崭新的一页，在上面写下标题——线索，又紧接着在标题下写道：

看来地底下应该有很多条通道，可以利用通道给咪咪传递消息吗？蚂蚁走的那条路看起来很靠谱，但对人来说太小了。其他的通道都在哪儿呢？以下是一些可能找到通道的地点，值得探索一下：

1.

2.

3.

柯比发愁地皱了皱眉，然后闭上双眼。什么地方可以找到通道，他毫无头绪。大脑一片空白，眼前浮现的只有那些排着长队的蚂蚁。

柯比睁开眼睛，把手伸向桌上那本老旧的书籍，它静静地躺在《研究计划》的旁边。书的封皮上有若隐若现的名字：

怪物——这种动物在我的实验中的特性和品质
茹纳尔·卡利 著

柯比一遍一遍地浏览茹纳尔的书，直到他的手指和眼睛都开始酸痛，也没能从书里找到一点线索。关于去往地下的路线，书里丝毫没有提及。柯比仍然不知道自己应该怎么做。

现在情况已经十分棘手，海莉又跟爸爸踢球去了。在这种时候！柯比失望地摇了摇头。爸爸现如今存在感太强了，什么事情都要插一手。这让一切变得很麻烦。也许这也没什么不正常的，只不过是因为爸爸太久不在家，现在突然回来了。可这总归还是让人烦躁，讨厌的足球！

柯比叹了口气，要是咪咪在家就好了。咪咪好歹可以问问浴袍有什么建议。柯比盯着那空白的半张纸，面色凝重。他的浴袍都是怎么回事？为什么它们从来都没说过话？他甚至不知道自己的浴袍被扔到哪儿去了。

"妈妈！"柯比喊道，"我的浴袍在哪儿？"

"浴袍？你穿过浴袍吗？"妈妈在厨房里纳闷儿地问。

"穿过呀，那件红色的厚的，毛巾布的。"柯比回答。

"你要它做什么？你从来都不穿浴袍，说穿着很难看，还记得吗？"

"可浴袍现在在哪儿呀？你不会丢掉了吧？"柯比担心地问。他手里拿着线圈本，来到厨房门口。

"当然没有。"妈妈说，"我从来没有扔东西的习惯，所以我们家才会有这么多东西。我可能把它放进了那个日用纺织品橱柜了，计划等咪咪那件蓝色的穿小了，就可以穿这个。"

"这件红色浴袍是在哪儿买的？"柯比问道。

"肯定和蓝色的是同一家。"妈妈回答说，"你那时候特别喜欢那件蓝色的，我想去买大一号的同款，但没找到一样的。"

柯比大吃一惊，"我很喜欢那件蓝色浴袍吗？我怎么一点儿印象都没有。"

"没有吗？你那会儿说什么都不愿意把它送给咪咪，虽然它对你来说已经太小了。"妈妈笑道，"它都盖不住你的肚子了，可你就想留着它。我们还有张照片，那时你……"

"我有没有说过它会说话？"柯比打断了妈妈的话。

"当然没有。"妈妈答道，"那是咪咪的把戏。浴袍又没有嘴巴，它从哪儿发出声音呢？"

　　柯比没有吭声。他为什么不记得自己喜欢过蓝色浴袍？为什么不记得自己穿过？虽然妈妈说他几年前爱它胜过一切。

　　疯狂的想法开始在他的脑子里乱窜。有没有可能……浴袍曾经也对柯比说过话？也许他只是被抹去了记忆？这种事他在一本特工小说中见过，这种事不是没有可能。说不定柯比以前也和浴袍对话过，只不过后来什么东西把他的这些记忆清空了。可又是为什么呢？

　　"妈妈，你能不能现在去帮我找一下那件红色的浴袍？"柯比兴奋地问。

　　"现在吗？可我这会儿正在擦桌子呢。"妈妈迟疑地问道。

　　"嗯，就现在。我想去洗澡了。"柯比回答。

　　"大中午的去洗澡！你真是越来越像咪咪了！"妈妈扑哧一笑。

　　但突然间，妈妈的表情又变得悲伤起来。她想念咪咪了。"你们的搜寻计划进展得还顺利吗？"她问道。

　　"还不错。"柯比避重就轻地回答说，"浴袍也是搜寻计划的一部分。"

　　妈妈点点头，放下了手中的抹布，走向门厅处的日用纺织品橱柜。

　　"肯定在这个柜子里，"她一边咕哝着，一边翻动成堆的床单，"我把它放在哪儿来着？"

　　她仔细地检查着橱柜的每一个格子。"在这儿！"妈妈终于惊喜地喊道，她摸到了一条红色的毛巾布衣袖，它正好从那一摞被罩后面探了出来。

　　"我这就去放水洗澡！"柯比发出了胜利般的欢呼。

第五章　有人来了

"还要走多久呀?"咪咪看着守门者一摇一摆的动作,在它背后问道。

"这我可一点儿都不清楚。"守门者好脾气地回答。

它还和之前一样用脚拍打地面,但步子仍旧很快,这种走路方式完全没有影响行走的正常节奏。

"要是这里一扇门也没有,可怎么办?"咪咪很担心,"我们已经走了好久好久了,我好累,过不了多久我一步都走不动了。"

"但这是找到门的唯一办法。"守门者温和地回答,同时不忘用脚拍打地面。

"你为什么要一直这样做呀?"咪咪问它,"你脚底很痒吗?"

"我不痒,小云雀。我在听地面给我们的建议,听听这条路想告诉我们什么。"守门者耐心地答道。

"一般不都是用耳朵听声音的吗?"咪咪疲惫地说。

守门者大笑起来。"你说得没错儿。可是大地不对耳朵说话,它只对脚说话。快跟上吧。"

守门者看起来一点儿也不累,但可怜的咪咪已经累坏了。此时她特别想念浴袍,为什么要把它扔在甬道的地上呢?太傻了,她真是个傻瓜!希望等她回去的时候,浴袍还在原来那个地方。

"等一下!"守门者忽然警觉地提醒道。它脚步停下得太突然,咪咪差点儿撞在它的后背上。

"我感觉到了脚步的动静,"守门者小声说道,"不过有可能是你的脚步。让我来仔细听一听。"

她们在原地静止了一小会儿。

"是我的吗?"咪咪紧张地低声问道。

"不是。"守门者答道,"现在你站着不动,我还是能感觉到有脚在走动。"

咪咪的脚底牢牢地贴着地面。"我什么也感觉不到呀。"她小声说。

"它停下来了。"守门者说。

"为什么?"咪咪不解。

"因为它在跟踪我们,小云雀。"守门者回答。

"它是谁呀?不会是某个老女巫吧?"咪咪害怕极了,悄声问道。

"我也不知道。"守门者回答说。

"会不会是个坏人啊?"咪咪悄悄猜测。

"但愿是个好人。"守门者回答。

咪咪点点头。她很想把手塞进浴袍的口袋里,可是浴袍已经不在她身上了。咪咪用手紧紧捏住柔软的隐身衣,但一点作用也没有,她还是很害怕。

守门者再次用脚拍了拍地面。

"有什么感觉吗?"咪咪问道。

守门者摇了摇头。"我们继续往前走,尽量动静小点儿。"它低声说道,"你会不会轻手轻脚地移动,小云雀?像甬道里的风那么轻。"

"当然了。"咪咪回答。

她们接着赶路,谁也没再说话。甬道里的氛围和刚刚不太一样了,似乎更昏暗、更寒冷,也更加空旷。咪咪轻轻地颤抖着。

突然,守门者再次停了下来。

"感觉到了什么吗?"咪咪悄悄问道。

守门者点点头,"它离我们很近,应该就在旁边的哪个角落。"

咪咪的心怦怦直跳,她甚至都没心思告诉守门者,甬道里根本就没有角落,更别说什么可以藏身的地方。那个一直跟踪她们的东西,离她们近在咫尺,而且有可能很危险,她们却没办法逃脱。

"那现在怎么办？"咪咪问道。

"等待，"守门者用几乎听不见的声音回答，"你躲到隐身衣里面，立刻！马上！这样你看起来就是一团树根。"

"怎么躲？"咪咪害怕地问。

"就像钻进袋子一样，往里钻就好了，快！"守门者回答。

守门者紧紧盯着昏暗的甬道。咪咪把手和脚都缩进毛绒衣服里面，然后蜷缩身子蹲下去。隐身衣伸展开来，很有弹性，里面能轻轻松松藏进去一个人。咪咪把隐身衣上面的部分拉过自己的头顶，就像戴上毛茸茸的兜帽一样。在兜帽的保护下，她的目光也紧紧锁定守门者盯着的方向。咪咪什么也看不见。她眯了眯眼睛，但这样也并不能使走廊变得明亮一丁点儿。她只看见那与甬道一起延伸到远处的昏暗，以及墙上那些缓慢移动的、忽明忽暗的小亮点。

时间一分一秒地过去。

"它在靠近我们吗？"咪咪悄声问道。

"没有，它跟我们一样待在原地不动。"守门者答道。

"为什么？"咪咪悄悄问。

"我觉得它在看着我们。"守门者回答。

"为什么我们看不见它呀？"咪咪接着问。

"不是所有东西都是看得见的。"守门者答。

"什么意思？"咪咪更害怕了。

守门者一动不动地盯着那黑暗处，"有的人视力更好一点，有的人差一点。"他悄声答道，"现在它移动了，我听见了它的脚步声。它可能要出现了。"

咪咪紧张地微微发抖。

"是的，它过来了。"守门者说道，"现在你不要动。"

甬道的昏暗里开始有缓慢迟疑的移动，它也在害怕她们吗？

突然，黑暗里跳过来一个什么东西，它跳得很高，几乎是飞过来的。尖叫声哽在了咪咪的喉咙里。她看到，那个东西穿过空气，径直朝她冲了过来。那个小东西在空中张开它的爪子，像是准备进攻一样。爪子张得越来越大，看起来似乎不是爪子，更像手臂或者衣袖之类的东西。怎么回事？那个上一秒还在空中做好攻击准备的东西，这会儿已经软塌塌地瘫在了咪咪面前，一动不动。突然，咪咪认出了它。

"浴袍！你怎么来了！"她长长地松了一口气。

她灵活地从隐身衣里探出手，一把捡起浴袍，紧紧地搂在怀里，带着久别重逢的激动和喜悦。

"原来是你，是你一直在跟着我们！对不起，我真的很抱歉，我再也、再也不会丢下你了，我保证。哈哈哈，天哪，你也太脏了吧！但我会把你洗干净的，完全不用担心！"

浴袍什么也没说。

守门者一动不动地站在原地，视线仍然紧锁着甬道的黑暗处。

"你看看你！还说听见了脚步声，可是浴袍根本就没有腿脚！"咪咪对守门者说。

守门者睨了一眼咪咪，"我的脚听到的可不是你的外套，地上来的孩子。我听到的那个，现在还站在那里盯着我们。说不定是你的外套把它引诱过来的。"

"真的假的？"咪咪呼吸一滞，害怕地转头看向走廊那头，"它为什么要朝我们扔浴袍？它到底是谁啊？"

"这我就不知道了，"守门者答道，"但是我能感觉到

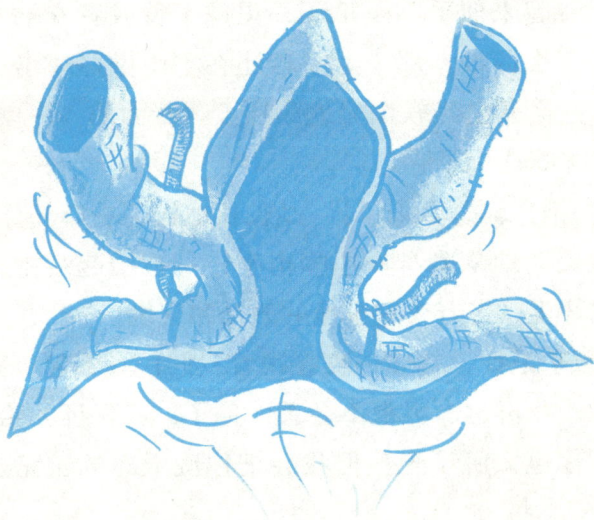

它的目光。也许是个好奇的家伙，很多地下生物的好奇心都很强的。它说不定只是想躲在那儿看一看。我们等等看，它会不会主动现身。我觉得，你还是躲进隐身衣里比较安全。"

咪咪把满是尘土的浴袍抱在怀里，打了个喷嚏，开始思考现在的处境。浴袍肯定知道那是谁，可它为什么一句话都不说呢？如果她们遇到了危险，它怎么也不提醒一句呢？它为什么不像往常一样，给她点建议，哪怕哑谜一样的提示呢？

咪咪又打了一个喷嚏。有什么东西弄得她的鼻子很痒。怎么回事？咪咪打了第三个喷嚏，这下她突然明白了。提示就是这个！她惊喜地抬起头，用几不可闻的声音，自言自语般地叫了一声："格拉？"

走廊的昏暗处，隐约能够看到有什么东西迟疑地移动着。

"格拉？是你在那里吗？我亲爱的怪物？"咪咪喊道，"我在这里！我是咪咪！你肯定没认出来我，因为我穿着傻乎乎的隐身衣！但我是咪咪呀！"咪咪一把扯下头上的兜帽。

"嘘——嘘！"守门者赶忙做出噤声的动作，"你为什么要大喊大叫，地上来的孩子？别出声！"

但咪咪已经顾不上守门者了，因为她在黑暗中看见了一个熟悉的、亲爱的身影。毛茸茸的深色大怪物从阴影中走出来，它那网球一般的黄色眼睛忽闪忽闪地盯着咪咪。沉重的双脚不确定般地迈着小步子朝咪咪这边走来。

"格拉！我就知道你会来！"咪咪叫道，"你怎么在那儿躲着？你肯定没认出我吧？"

"那是怪物吗？"守门者吃惊地问，"它在这里做什么？还落了单，没跟其他怪物在一起，是迷路了吗？"

"它当然是来找我的！"咪咪喊道。她把浴袍扔在地上，从隐身衣里钻出来，一头冲进怪物那灰扑扑的、满是马铃薯地窖味的怀抱里。怪物那厚重的、时不时往下掉土块的手臂轻柔地圈着咪咪，让咪咪紧紧地贴着自己。咪咪也用尽全力抱紧怪物。

"你这个傻瓜，到底跑哪里去了？我可想死你了！"咪咪一边嘟囔着，一边把脸埋进怪物的绒毛里。怪物发出低沉绵长而又愉悦的咕噜声。

　　守门者看着紧紧相拥的人类孩子与怪物，若有所思地摇了摇头。它把蓝色浴袍从地上捡起来，拍了拍上面厚厚的怪物尘土，打了个大大的喷嚏。

第六章　浴袍起作用了吗

　　柯比包裹在苹果味的泡泡浴里，思索着自己在这里度过的时间。他还得在浴缸里坐到什么时候啊？是不是洗泡泡浴的时候，时间都会过得慢一些？要唤醒浴袍需要多久呢？

　　柯比也想了别的事情。是不是需要一些诱因，才能唤醒浴袍，比如挠它痒痒？是不是咪咪做某件特定的事情时，浴袍才会开口说话？柯比不满地皱了皱额头，想好好回忆回忆，但是什么也想不起来。红色的毛巾布浴袍摊在马桶上，毫无生机。说不定这件红色浴袍从来就不会说话呢？或者它会说话，但是不想说，因为浴室里坐着的是柯比？

　　柯比开始感到厌烦，在泡泡里坐着纯粹是在浪费时间。他现在无比清晰地理解了，为什么淋浴越来越受大家欢迎。

厨房里，爸爸妈妈正在讨论餐具的摆放问题。柯比摇了摇头。现如今爸爸回来后，他的身影和想法无时不出现在所有地方。这不，刚刚踢完足球回家，椅子还没坐热，就开始插手餐具的摆放了。出差在外的爸爸真是比现在这个好应付多了。

"杯子一直都是放在这一层架子上的。"妈妈的语气听起来有点生硬。

"我知道，但是我觉得应该把它们放得低一点，放在下面的架子上。以后孩子们拿杯子时，就不需要站在凳子上了。这样更方便，不是吗？"爸爸建议道。

"杯子一直都放在专门的杯子架上，"妈妈答道，"大家都习惯了在那层拿杯子。"

"但是我们可以从现在开始，把下面一层的架子改成新的杯子架，"爸爸建议，"这样大家都从这层拿杯子。而上面那层，可以用作烘焙用品的架子，反正孩子们很少烘焙，就算烘焙也不可能没有大人在场。所以放高一点也没有关系，对吧！而且……"

"不行。"妈妈打断道。

"什么不行？"爸爸问道。

"烘焙用品不可以放在上层架子上。你想想，要是面粉袋子从上面掉下来，那样家里就会到处都是面粉。"

厨房陷入了安静。"但愿爸爸懂得适可而止。"柯比

心不在焉地想着。他"哗啦啦"地在浴缸里掉转了个方向，伸手把浴袍拽到了浴缸旁边的地上。是不是得挠它痒痒，还是抚摸抚摸？到底要对它怎么做呢？

"你可以开口说话吗？"柯比小声问道，"我知道你可能不乐意跟我说话，但现在是紧急情况。我是咪咪的哥哥，而且从某种程度上也可以说，是个科学家。你可以信任我的。"

门口传来小心翼翼的敲门声，海莉的头从门缝里探进来。

"你在干什么？"海莉好奇地问道，"你不是很讨厌泡泡浴吗？"

"我在试着让浴袍开口说话。"柯比答道。

"你疯了吗？"海莉一边说一边大笑起来，"浴袍只会跟咪咪说话，你知道吧。"

柯比没再回答。他不想向海莉承认，他怀疑浴袍曾经也对他说过话。

海莉溜进浴室，坐在马桶盖子上。"你还要试很久吗？"她问道。

"嗯，直到成功为止。"柯比答道，"有什么关系吗？"

"有一点。我得洗个澡。"海莉说道，"跟爸爸踢球流了很多汗。他对待踢球太较真了。"

柯比咧嘴笑了一下，"爸爸对很多事情都太较真了。"

"你听见关于杯子架的讨论了吗？"海莉扑哧一笑，"爸爸最近有很多想法。"

"有点太多了。"柯比咕哝道。

爸爸也朝浴室里探了探头。"你们怎么坐在这里？"他温和地问道，"在说什么好玩的，也讲给爸爸听听？"

柯比和海莉你看看我，我看看你。是的，问题就出在这里。"有声无影"现如今存在感太强了，对家里所有事情的参与热情都高得过了头。

"柯比在试着跟浴袍说话，我在排队洗澡。"海莉答道。

爸爸若有所思地点了点头。他肯定又有了什么新的想法。

"我发现了，这个家里的孩子们有着在奇怪的时间洗

47

澡的习惯。"爸爸开始点评了。

"是吗?"海莉答道,"那在什么时间洗澡才不算奇怪?"

"一般在早晨或者晚上,或者一天里的某个特定时间。但你们的情况是,随便什么时间,都有可能有人在泡澡或者淋浴,"爸爸接着说道,"得有一个约定好的洗澡时间。"

"为啥呢?"柯比问道。

"呃,这样……我们大家就都知道谁在什么时间洗澡了。"爸爸回答说。

"我们知道这个有什么用吗?"柯比问道。

"而且不需要什么约定,这会儿我们也知道了呀。"海莉答道,"我们从来都不难知道谁在什么时候洗澡。比如现在,看看柯比,他很显然就在洗澡。"

"呃,好吧,你们继续吧,"爸爸迟疑了一下,"我去做点吃的。寻找咪咪的事情有什么进展了吗?你们的妈妈已经开始焦虑了。"

"妈妈的焦虑或许还有其他原因。"海莉提醒道。

"什么原因?"爸爸问。

"一旦找到什么线索,我们会马上告诉你们的。"柯比赶紧转移话题。

爸爸点了点头,"好吧,那就回头再说。"

爸爸消失在门口。海莉用脚蹭了蹭瓷砖地面上的红色浴袍，它仍然软塌塌地摊在那儿。

"好像没啥用啊。"海莉说道。

柯比沉思着耸了耸肩，"最好还是让我单独和它待在这里吧。"

"为什么？"海莉问道。

"说不定它怕你呢。"

"为什么它怕我，比怕你要多一点？"海莉问着，再次用脚蹭了蹭浴袍，"它不过就是件浴袍，根本就不会害怕。"

"说不定因为你踢它，所以它害怕你。"柯比耐心地回答。

"我没踢它。我不过是用脚指头给它挪了挪位置。像这样。"海莉又一次用脚蹭了蹭浴袍。

"你能不能别踢了？"柯比的语气变得生硬，"我在尝试让它信任我，不然它根本不敢开口说话。"

海莉"扑哧"一声笑了，"信任你？你恐怕是疯了吧！但我真的没踢它。"

"在我看来你就是在踢它。"柯比冷哼一声。

"我没踢。踢完全是另一个动作。"海莉爆发了。

"呵，是吗？我还以为你不知道呢。"柯比不耐烦地说。

"什么意思？"海莉问道。

"你可是足球运动员，"柯比继续道，"大概就是这个原因，你就要把所有跟你意见不统一的事物都一脚踢开。这肯定是足球运动员的某种本能吧。"

海莉从马桶盖上一跃而起，怒气冲冲地叫道："说不定就是这样呢！我现在就让你和你那愚蠢的浴袍看看什么才叫踢！睁大你的眼睛看仔细了！这样你才能学到点什么！"

海莉对准地上那件没精打采的红色毛巾布浴袍，毫不犹豫地给了它力道十足的一踢，动作专业而又优雅。浴袍被那股力道踢得飞向空中，撞到了浴室的屋顶，接着又飞快地掉到地上。只听见轻微的撞击声。等等，撞击声？柯比疑惑地皱了皱眉。

"哎哟！"海莉一边大叫，一边捧起自己的脚指头，"你怎么不告诉我，它口袋里有石头？我的脚指头肯定骨裂了！"

"口袋里没有什么石头啊。"柯比说着，伸直手臂去够浴袍。

"肯定有！"海莉叫道，"哎哟，痛死我了。我的指甲盖肯定掉了！"

"下次踢之前，你知道要好好检查目标了吧。"柯比语气僵硬地说。

柯比仔细地查看着浴袍，海莉一脸受伤地抚着自己的脚趾。

"好奇怪啊，口袋里有个硬硬的东西。"柯比嘟囔着，

"但是它黏在了里面。"

"让我看看。"海莉不耐烦地说着，单脚跳到柯比旁边。柯比把浴袍递给海莉，她把手伸进衣服的口袋里摸索起来。

"这里有一块放了好久的巨大口香糖，"海莉嘟囔着，"拿不出来，它粘在口袋底下了。"

海莉打开口袋，使劲往里面瞅了瞅。"光线太暗了，看不清。"她把浴袍放到灯光下面，再次往口袋里看了看。

"是什么东西？"柯比坐在浴缸的泡泡里问道。

"呃，是一个……"海莉嘟囔着，回过头来，"可能是个什么木制的玩具？"

"木制的玩具，"柯比重复道，"什么破'木制的玩具'？是车子形状的，鸭子形状的，还是什么样的？"

"肯定是你以前玩的，忘在这个口袋里的玩具，"海莉推断道，"然后不知道什么原因，它粘在了口袋里。"

"可我从来都没穿过这件浴袍。"柯比答道。

"那可能就是咪咪吧。咪咪总是能把啥都弄得一团糟。"

柯比将信将疑地点点头。咪咪是个挺合理的解释。

海莉把手伸进口袋里，"现在我把它拿在了手上，"她说道，"等下，等下，它肯定是能拿出来的……"

海莉使劲地拽啊拽。环绕着柯比的苹果味的云朵安静而又躁动，泡泡不断地破裂消失。

"粘得好紧啊!"海莉嘟囔着,"咦,好像比一开始我以为的要大一点。呃,它这会儿就要被拽出来了,马上……马上就……"

海莉用了吃奶的力气使劲拉扯,使劲往外拽,突然之间,那个东西像瓶塞子一样,从口袋底部被海莉拽了出来。

"哦嚯!"海莉发出惊讶的叫声。

浴室陷入了一片安静。海莉和柯比盯着刚刚从红色浴袍口袋里拽出来的东西。

"可是这种东西,不可能放得进口袋里啊。"柯比几乎要惊呆了。

"可我就是从口袋里拽出来的。"海莉答道,尽管她自己也是一脸的不可置信。

第七章　取得联系

　　咪咪把脸枕在怪物那满是尘土又毛茸茸的肩膀上，然后闭上了眼睛。卧在怪物怀里的旅行摇摇晃晃的，让她困意十足。真好呀，再也不用拖着沉重的步子跟在守门者的后面，还不时地被绊倒了。真好呀，格拉终于还是来了。咪咪的眼皮越来越沉，她马上就要睡着了，等她醒来的时候，她肯定已经到了格拉的家里——她们肯定马上就要到了。

　　咪咪的思绪突然被打断，眼睛也忽地睁开了。她感觉到隐身衣下面有动静。什么东西？下面再次传来动静，虽然很小，但是很明显。什么东西在她的口袋里动。咪咪尖叫一声。

　　格拉停在了原地，发出哼哼声。咪咪能感知到它那巨大的心脏怦怦直跳。

"你为什么要大喊大叫？"守门者担心地问。

"我的口袋里有什么东西在动。"咪咪小声说。

"你是说，口袋里？"守门者问道。

"里面肯定有什么动物，我感觉到它在移动。它就在这下面，我浴袍的口袋里。"咪咪小声说着，害怕极了。

守门者看起来很不满。"我不是跟你说过吗？你的蓝色衣服很脏，而且你穿了隐身衣后就不需要再穿那件蓝色衣服了。我不是说过吗？"

"帮帮我！"咪咪尖厉的叫声带着哭腔。

"我看看，我看看。先把隐身衣脱下来。"守门者安抚道。

格拉小心翼翼地把咪咪放到地面上，守门者帮她把隐身衣脱了下来。她们三个全都紧紧地盯着蓝色浴袍那又脏又旧的口袋，它真的在动。

格拉小声地咕噜着。

"肯定是那种发光蜥蜴，它一会儿就要咬我的肚子了。"咪咪悄声说道，害怕极了。

守门者摇了摇头，"地底下任何东西都不会离开它本来的位置。"

"离开的！所有的东西一直都在离开！比如你和格拉！"咪咪急促地说道，"所以发光蜥蜴肯定也可以离开！"

"呃，让我看看你的口袋吧。"守门者说道。它小心翼翼地拉开浴袍的口袋，绿色的脸庞上浮现一个如释重负的微笑。

"不过就是那截树根！我不是告诉过你，最好把它放进隐身衣的口袋里吗？那截树根放不进你蓝色衣服的口袋。"

"要是它仅仅是树根，为什么会动来动去？"咪咪问道。

树根真的在动来动去，看上去它似乎想往口袋深处钻去。

守门者若有所思地盯着树根。

"而且它比之前变长了很多，你看！"咪咪坚持道。

她抓住那截几乎要从口袋边缘伸出来的树根，开始往外拽。

"现在它还被卡住了。"咪咪继续道，再次拽了拽树根。

"还卡住了？"守门者一脸不信地说道。

"浴袍紧紧地抓住了它。"咪咪说着，又试着拽了一次。

突然间，咪咪手里一滑，树根"啾"的一声，消失在口袋里。

"它去哪儿了？"守门者惊讶地问道。

咪咪往口袋里看了看。"它消失了！它从口袋底部消失了！它一直都在往深处钻！"她叫道。

　　口袋摇晃得厉害，树根却不见了。咪咪把手伸进口袋里摸索了一番。"空的。"她说道。

　　守门者担心地摇了摇头。"我从来没有见过这样的事，吃树根的衣服。它还会吃什么别的吗？这可不是什么好事情，真的不是。"

　　"它以前从来没吃过任何东西。有没有可能是什么细菌之类的东西导致的?"咪咪问道。

　　"比如说?"守门者问。

　　"呃，比如说疾病之类的!"咪咪焦虑地喊道。

　　"嘘——小云雀，不要大喊大叫。我从来没听说过什么疾病会让口袋把树根吃掉。"

　　"我也没听说过。但浴袍肯定是有点什么问题。说不定因为我把它扔在地上，它着凉了。"

　　突然，咪咪再次怔在了原地。

　　"又怎么了，地上的小鸟?"守门者担心地问道。

　　"那儿又有什么东西在动了。"咪咪小声说道，"也许那截树根又回来了。"她把手塞进口袋底部不断摸索。

　　"天哪，你这傻孩子! 别把手放进去! 口袋要是把你的手给吃了怎么办?"守门者吓了一大跳。

　　"它要是敢，我就拧它!"咪咪威胁道。

　　"里面有个什么小小的、硬硬的东西。它在里面粘得很紧。可能是块润喉糖。"

　　"润喉糖?"守门者重复了一遍。

"啊，不是润喉糖，它还在变大。"咪咪小声说。

"变大？"守门者倒抽一口凉气。

"是呀！一开始它很小，但现在它一直往上跑，我都没有揿它。"

"树根这老东西！到底是什么？"守门者吓得用手捧住青棕色的脸庞。

"再等等，它一直在慢慢地往上冒呢。"

守门者摇了摇头。

"我觉得，它是……"咪咪猜测着，突然之间，露出了很惊喜的神情。

"是什么？"守门者催促问道。

"是我的牙刷！它怎么从口袋里跑过来了？"咪咪说着，从口袋里取出那支用旧了的粉红色牙刷。

"我没搞懂。它是什么东西？"守门者担心地问。

"你不知道什么是牙刷吗？"咪咪问道。

守门者看起来很惊讶。

"牙刷就是用来刷牙齿的，这个，明白了吗？"咪咪解释着，朝守门者咧开嘴，露出她那些白白的小牙齿。

守门者迟疑地点了点头。

"为什么蓝色的衣服要送给你一支牙刷？"它问道。

"它可能是希望我刷刷牙吧！但是我很好奇，它是怎么把牙刷从我家的浴室里拿过来的？"

"从哪儿？"守门者又问。

"浴室。"咪咪答道。

"又是个新玩意儿！"守门者恐惧地叫道。

咪咪看了看口袋，里面又冒出来个白色的东西。它很轻也很薄，咪咪甚至一点儿都没感觉到它的移动。咪咪取出那张卷起来的纸条，解开上面的橡皮圈，把纸条摊开。

她满意地点了点头。

"那是什么呀？"守门者小声问。

"是柯比，我哥哥传来的消息。我早就应该猜到！柯比在浴室里帮我，是他把牙刷送过来的。"咪咪解释道。

"这个柯比在哪儿？口袋里吗？"

"当然不是。他肯定在我们家浴室里。"咪咪答道。

"你是说在地面上吗？地面上的东西跑到你口袋里来了？"守门者大吃一惊。

咪咪点点头。

"消息里怎么说的？"守门者问。

咪咪把信转过来，好让守门者看到。

"就一个词！代表什么意思？"守门者弯下腰来把脸凑近纸条，饶有兴趣地问道。

"上面写着'Bi Ke'，是柯比倒过来拼的。这是暗号。"咪咪解释说。

"你哥哥为什么要写暗号？"守门者问道。

"可能柯比不知道信会被送到哪里，谁会读到它。这里说不定会有宇宙大怪兽呢！"

"宇宙大怪兽是什么？"守门者接着问。

"呃，它们都在宇宙太空里。"咪咪说，"我现在得赶紧给柯比回信，告诉他我在这里。"咪咪从乱糟糟的头发上扯下自己的发圈。发圈上缠着几根头发。

"柯比一眼就能认出来。"咪咪满意地说道。

守门者不安地看着咪咪，她把发圈放进了口袋，然后用柯比系纸条的橡皮圈重新扎了个马尾。

"它已经送过去了吗？"守门者问道。

咪咪打开口袋往里瞧了瞧，"还没呢。"她回答说。

"不管用了吗？"守门者问道。

"肯定管用的，柯比有时候就是有点儿慢吞吞的。"咪咪说道。

忽然，口袋晃了晃，先动了一次，然后又动了一次，发圈就不见了。

咪咪得意地看向守门者，"现在它被送过去啦！这就像是个邮筒一样，可以直接把东西传送到浴室里去！"

守门者惊讶地摇了摇头，"我还从来没见过这种事情。这是通往地上的门，但它在衣服里。那谁来看守这个移动的门呢？"

"当然是我呀。"咪咪答道，"那我也算是个守门者了，我们现在就是同事啦！"

守门者将信将疑，咪咪则大笑起来。突然间一个想法冒出来，她觉得她可以把地底下所有居民都从这里送出去，再让它们回来，来来回回地帮助它们，永远也不会觉得累。

"我们继续前进吧！我想早点看到格拉的家是什么样子！"咪咪兴奋地叫道，握住了怪物的手。怪物用那像烤肠一样粗的手指，轻轻地握紧咪咪小小的手掌。

"走吧，走吧。"守门者摇着头回答道。它把咪咪那件毛茸茸的隐身衣从地上捡起来，小心翼翼地叠好，塞进自己的长发披风里。

第八章　柯比的研究：第二部分

柯比翻开线圈本全新的一页，在上面写下标题：发现2。他写了起来：

和咪咪的联系找到了。我之后会详细记录，我是怎样找到联系路径的。现在我只简略说一下，路径就是我那件红色浴袍的口袋。但是没有人能钻进口袋里，所以我们不能让咪咪通过口袋回家。不过我们可以通过口袋，给她传送纸条之类的东西。到目前为止，我们已经给她传送过牙刷和用暗号写的密信。我们得到了咪咪的回信，是她的发圈，上面还有几根头发，很显然就是咪咪的。我把发圈粘在这里。虽然无法通过发圈得知咪咪现在的情况如何，但是就像妈妈说的，至少她还活着。

柯比用牙齿咬断一截透明胶带，小心地把咪咪的发圈粘在这一页。

海莉从写字桌上起身，盯着忙得不亦乐乎的柯比。

"我觉得，你说这个口袋通道是你发现的，有点言过其实了。"海莉说，"实际情况是，你仅仅坐在浴缸的泡泡里，想办法跟浴袍说话。是我踢了浴袍，发现了那截树根，然后把它从口袋里拽出来的。把咪咪的牙刷从口袋塞进去也是我的主意，因为它正好在手边而且大小合适。实际上，是我找到这个通道的。"

"但找出这件红色浴袍的主意，是我想出来的。"柯比辩解道，"再说了，这很重要吗？"

"当然了，你在日记里歪曲事实。"

"这才不是什么日记。"柯比答道。

"那它是什么？"

"这是研究报告，以后要写成茹纳尔那样的书。"

"哦嚯。看着一点也不像，这也太短了。"海莉毫不留情地说。

"这才是个开头。以后会越来越厚的。"柯比争辩道。

"随便吧，但是研究报告里的内容，得是真实信息吧？"海莉说道。

柯比不耐烦地叹了口气，"你一直说个不停，我根本都不能好好地思考。"

"呵，是吗？我倒是不明白，你为什么老是得写点东西。我认为我们应该做的是制订一个计划来解决这个问题——把咪咪找到带回家。"

柯比抬头看着海莉说："确实是这样，现在也是。但我得记笔记，我在做研究，明白吗？大概我得一个人待一会儿。"

海莉像是在思索着什么，然后开口道："当然可以。"

"真的吗？"柯比很意外。

"当然。我可以去院子里踢球。回头见！"

海莉说着，就起身离开了。柯比吃惊地看着她的背影，海莉很少有这么配合的时候。

柯比翻开了笔记本全新的一页，写道：

研究对象：红色浴袍

目前已经测试了浴袍口袋的多种用途，以下是测试项目和结果。

测试1：卷起来的黄油面包
结果：传送成功。

测试2：可可奶
结果：传送成功。

测试3：毛衣
结果：传送失败——物体太大，没办法整个塞进口袋里。

测试4：朝口袋里大喊
结果：声音貌似不会通过口袋传播，至少喊声没有得到回应。

测试5：在口袋里挥手
结果：没有反应。

测试6：接收情况
结果：成功。但是更核心的研究部分出现困难，因为咪咪没有传送足够的东西回来。目前还不清楚是懒惰还是处境困难导致的。咪咪到底在哪里？解决方案一旦确定，就立马开始研究工作。

（参见下一步研究计划。）

额外测试项目：

翻转浴袍的口袋并进行研究：无异常，看起来与正常口袋没什么区别。

用强光手电筒照射口袋：没有反应。

搓揉口袋：没有反应。

对话测试：尽管耐心等待，浴袍还是没有说话。

结论：浴袍不会或者不愿意说话。

下一步研究计划：

我们准备通过口袋给咪咪传送相机，让她给四周拍照。能看看地底下是什么样子，肯定很有趣。但暂时还没有相机，妈妈的相机找不到了。

柯比盯着这页纸，陷入了深思。研究进展得很顺利，很快咪咪就能回家了。柯比又翻开崭新的一页，在最上面一行写道：新的想法。他继续写下去：

如果能够获取更多咪咪所在地的信息，肯定十分有趣。目前来看，咪咪似乎不是一个很有科研意识的人。我有没有可能亲自去那里呢？如果我能够到那儿，既可以做研究，还可以把咪咪带回家。只要能找到足够大的通道，这个计划就能实现。那样将会对这项研究很有帮助。

柯比放下手中的笔，忽地抬起头来。他真的知道怎么做了！他立马起身，从柜子里翻出自己的双肩包。把茹纳尔·卡利的怪物书、自己的研究笔记、折叠刀还有手电筒都装了进去。接着，他去厨房，做了一些野餐吃的三明治，也塞进包里。最后，他又一屁股坐在写字桌前，从咪咪的图画本上撕下来一页纸。得给留守家里的人留张字条。他写道：

嘿，海莉！

我给你写纸条，是因为我今晚不回来了。我不确定我的计划会不会成功，但是我已经决定了要去咪咪在的地方。我不会泄露更多的信息，以防有谁跟踪我。你在家跟妈妈和"有声有影"待在一块儿吧，尽量让他们平静下来。记得通过口袋传送黄油面包，还有巧克力给咪咪。也许我们短时间内不会碰面，所以我提前祝你足球夏令营决赛取得胜利！

柯比

柯比整整齐齐地叠好纸条，然后在上面写上"海莉"。

他把纸条放在桌上，站起来，下定决心般地背上双肩包。

经过起居室的时候，他对妈妈喊了一声："妈妈，我去趟奥斯卡家！"

"记得回家吃饭。"妈妈回答说，"晚上我们给咪咪再传送点吃的。要是旧相机找不到了，我就去买一个新的。"

柯比没有再回答，他小心地"咔嗒"一声关上了身后的门。真是神奇呀，关门的"咔嗒"声听起来也带有冒险的味道了。柯比脸上浮起笑容。他"啪"地打开走廊里的灯，然后按下了电梯按钮。

第九章　突如其来的泡澡

咪咪停下脚步，把手塞进浴袍的口袋里。"哇哦！妈妈给我传送了黄油面包过来！"她喊道。

守门者侧身靠近咪咪，疑惑地看着她手里的面包。"这是什么？怎么被压扁成这个样子。"

"才不是呢，傻瓜。黄油面包本来就是扁扁的呀。"咪咪答道。她把保鲜膜撕开，吃起来，味道十分鲜美。更令人开心的是，新的面包已经在口袋里等待着了。

"这一块给你了。"咪咪说着把面包递过去。

"不用客气了！"守门者连连摆手。

"呃，那你要吗？"咪咪又问格拉。它也使劲地摇了摇头。

"好吧，正好我饿得要命，我自己把两块都吃掉。"咪咪高兴地说，"我们可以在吃饭时间休息休息吗？"

"口袋里又传过来什么了？"守门者问道。

咪咪打开看了看，高兴坏了。"是可可奶。现在又传来了贝果！"

"天哪，要怎么阻止那边不停地送东西过来呢？"守门者担心地说道。

"太容易啦。等到吃不下的时候，我把最后一块面包传回去就好啦。这样妈妈就不会再送吃的过来了，因为她不想浪费食物。"咪咪不以为意地答道。

守门者看起来却心事重重的。

"好吧，我们停在这里吃东西。我带了吃的，怪物应该是回家后再吃饭吧。"

守门者席地而坐，把手伸进长发披风的褶皱里，从里面掏出一个红棕色的团子，看着像风干的肉丸子，开始狼吞虎咽起来。咪咪坐在守门者的旁边，张大嘴巴咬了一大口黄油面包。

"你们有没有发现，空气跟刚刚的味道不太一样了。"咪咪嘴巴里塞满面包，含糊不清地说道。

"我什么也没闻见。"守门者说，"也许味道是你那个扁食物散发出来的。"

"才不是呢。你仔细闻闻看，"咪咪说道，"这儿不像刚才那样闷了。是不是哪里的窗户打开了？"

"地底下没有窗户。"守门者好脾气地回答。

"可是……"咪咪说着，又使劲嗅了嗅，"格拉，你闻到什么味道了吗?"

格拉转了转它的脑袋,没有回答。

守门者迅速把它的肉丸干粮塞到长发披风里,站了起来。它的脸上露出专注的神情,因为它的脚掌开始慢慢地拍打着地面。

"你在做什么?"咪咪问道。

"我在听,也许路会说点什么。"守门者回答。

"它说了什么?"咪咪紧张地问,也跟着站了起来。

"我没弄清楚,就好像……"守门者说着,又继续拍打地面。

"好像什么?"咪咪问。

"好像我们就应该在这里停下。"守门者答道,它看起来很惊讶。

"可我们已经在这里停下来了呀。"咪咪提醒说,但是守门者似乎没听。

"难道这里就是我们的门吗? 我们最好就在这里等一等。如果这里有守门者,它会在我们等待的时候过来的。"

格拉低声地咕噜着,不安地来回踱步。它想要继续赶路。

咪咪看向怪物,小声问道:"这儿会有什么危险吗?"

"什么危险都没有,小百灵。路没有提危险这回事。我们在这里等一会儿就好。"守门者保证道。

格拉那双闪着微光的眼睛盯着咪咪。咪咪把吃了一半的黄油面包塞回了口袋，对守门者说道："你觉得哪个位置不太一样？"

守门者来来回回地走动着，摇晃着身体，用脚掌拍打地面。然后它停下来，点了点头。

"这里。"

咪咪走到守门者旁边。格拉迅速挪动脚步，毛茸茸的肚子紧紧贴着咪咪。

"亲爱的怪物，离我稍微远一点，不然我会一直不停地打喷嚏。"咪咪请求道。

格拉不情愿地往后退了一步。

咪咪伸出脚放在守门者的脚边，朝地面使劲踩了踩。

"什么也感觉不到。我要把鞋子脱掉吗？"她问道。

"你听不见路说话的，你太轻了。"守门者说。

"假如我用特别特别大的力气踩在地面上呢？"咪咪一边问，一边使劲踩脚。格拉小心翼翼地发出咕噜声，又朝咪咪挪了一步。

"格拉，我是认真的。"咪咪说着，把怪物往远处推了推。

"哈哈，我可不信这样做有什么用。你太轻了，而且你的脚也太小了。"守门者丝毫没把咪咪的动作放在眼里。

"那要是我跳起来呢？"咪咪说着，双脚离地跳了起来。

格拉抓住了咪咪的手臂。

"格拉，你这傻瓜怪物，快放开我！"咪咪这样要求，格拉只好很不情愿地放了手。

"嗯？什么声音？"咪咪问道。

"哪儿？"守门者问。

"你们听见了吗？有点儿像门打开的吱呀声。"咪咪接着说。

"不好说。"守门者开口道，但是突然又闭了嘴，因为她们脚下的地面开始慢慢下沉。

"这是一道门吗？"咪咪紧张地问。

"我也不太确定——"守门者在脚下的地面彻底消失前，只来得及说这一句。

地面突然向一边倾斜，然后消失，她们掉了下去。咪咪尖叫一声，格拉努力想要抓住她，但是没来得及。怪物的手臂扑了个空，咪咪掉了下去，坠进下面的空洞里。

"救我，格拉！"咪咪尖声叫道，格拉回应她的吼叫声在整个甬道里回荡。

"这是一道门！"守门者在掉下去的时候叫道，"但是守门的去哪儿了？除非紧急情况，否则不能让门无人看管！"

"你不是也让你的门无人看管吗？笨蛋！"咪咪喊道。

但是守门者听不见了，它已经落到咪咪下面很远的地方。它的头发在风中飘散，手臂不停地挥动着。

咪咪环顾四周试图弄清情况，但周围是没法辨认的一片混乱，一切在她旁边飞快地消失。耳边的风呼呼作响，眼前也越来越亮。下面很远的地方有个很大的、翠绿色的什么，看起来像个泳池。

突然，有个巨大的黑色毛绒物从咪咪身旁飞快地坠落下去。"格拉！"咪咪大声喊道，但是怪物已经离她很远了。

下面的翠绿色越来越近，咪咪开始确信，那就是一个盛满清水的大池塘。

最先"哗啦"一声掉进水里的是守门者，它那绝望的喊声戛然而止，因为它重重地跌落水后，立马沉下去不见了。几秒钟后，格拉也"扑通"一声掉进水中，溅起巨大的水花。怪物掉落的地方，水变成了浑浊的泥浆。

最后一个落入水中的是咪咪，一个经验十足的泳者，像是融入水中一样，完全把控住情况。她身边的水温暖又友好地包围着她，闪闪发亮。水流减慢了坠落的速度，脚最后也触碰到了水中耸起的石头。咪咪用脚抵住石头发力，从水底冒了出来。"完美！"她开心地想道。终于能泡澡了，说不定浴袍现在也醒过来了。

咪咪浮出水面，就像一块微笑的浮板。但水面的景象不是都这么开心的。守门者那湿漉漉、乱糟糟的脑袋浮出水面，又立马沉入离咪咪几米远的水下。它的手臂一会儿在水面上挥着，一会儿在水底扑腾。

"救命啊，救命啊！我要掉下去了！我要沉了！我就要淹死了！"守门者焦急又语无伦次地喊叫着。

守门者旁边泥浆色的浑水里，怪物变小了很多的脑袋冒出了水面，看起来很古怪。它的眼睛显得大了很多，这会儿闪着微光。怪物飞快地确认了咪咪是安全的，然后转身看向在水里扑腾着的守门者，它被水呛得厉害。

"快去帮帮它，格拉。"咪咪喊道，不过怪物在她开口前就已经潜入水中了。魁梧的灰色身躯在水中像一个巨大的阴影，一眼就能看到。它像海狮一样，灵活地潜到守门者下方，抓住它，夹在自己的胳膊下，然后把它拽到岸边。守门者抓住水池岸沿，悬在那里。格拉再次潜水回到咪咪身边。它身后的水中出现了一条长长的灰色轨迹。

"你就像一支潜水的水彩笔。"咪咪说着，拍了拍怪物那变小了很多的脑袋。它湿漉漉的，看起来很无辜。"谢谢你跳下去救了守门者。我都不知道，原来你游泳这么厉害。"

怪物转了转眼睛，发出奇怪的咕噜声。水中的"乌云"在它身边不断扩散。

"我们最好赶紧上岸，不然待会儿一池子水全部都变浑了。"咪咪说道。

怪物低声咕噜着，把咯咯直笑的咪咪夹在胳膊下，三两下就游到了水池岸边。

"我自己也会游的，我上过游泳课。"咪咪说道，"你刚刚有没有看到，我是怎么灵活地钻进水里的？"

格拉把咪咪举起来，放到水池边的石头上，随后自己笨拙地爬上岸。它看起来完全变了个样，像是个瘦瘦的幽灵，身上流淌着浑浊的小溪。它的四周很快聚成一个个小水坑。格拉低下头，开始抖动自己的肩膀。一开始抖得很缓慢，然后越来越快。怪物不停地甩出密集又浑浊的水珠，就像个巨大的离心机。

"你甩得到处都是水啦！"咪咪笑着大叫道。她很喜欢洒水器和各种突如其来的水花。

抖落身上的水后，怪物又回到毛茸茸、胖乎乎的样子，但却变成一种古怪的浅色。它身上的颜色似乎随着水珠一起被甩了出去，在怪物的周围形成一个巨大的轮胎形状。

"你看，现在我也变得灰扑扑的了。"咪咪咯咯笑道。

守门者那双惊恐的眼睛从水池岸边冒了上来。

咪咪不再笑了，她转头看向守门者。

"你怎么还在水里呀？上不来吗？我来帮你。你看起来怎么这么奇怪？"

守门者那双黑漆漆的小眼睛害怕地四下瞥了瞥。

"上来吧。"咪咪说着，朝它伸出了手，"你什么地方

摔痛了吗?"

守门者抓住咪咪的手,飞快地爬到岸上,它浑身都在滴水,长发披风乱糟糟的。它再次焦虑地环顾这个巨大的洞穴。

"你怎么啦?"咪咪问道。

守门者那双小眼睛的视线终于停在咪咪脸上。

"我感觉,我们好像遇到了灾难性的事故。"它悄声说道。

"什么事故?"咪咪问道。

守门者朝咪咪走近了一步,小声说道:"我猜,我们可能进错了门。路刚刚一直在努力提醒我们,可我没有听懂。这道门让我们掉进了'重合大厅'地层。我从没来过这里,但是我听说过,这不是什么好地方。而且现在我全身都湿透了。按规定,守门者的披风必须时刻保持干燥。我应该时刻保持干燥,可我却在这个'重合大厅'地层里,把自己给弄湿了。"

"弄湿一点儿说不定也没什么关系呢。"咪咪安慰道。

守门者摇了摇头，"你不懂。我现在得一个人去把自己弄干。等我干透了我们就离开这里，马上。"

"好吧。"咪咪答道，"但是我们怎么……"

　　还没等咪咪说完，守门者已经转过身去，一摇一晃地跑了起来，好让自己干得快一些。跑动时，一缕缕潮湿的长发晃来晃去，时不时露出它那瘦弱的膝盖。大脚掌拍打地面的声音回荡在半明半暗的洞穴里。

　　咪咪若有所思地皱紧了眉头。

　　"为什么这里是个所谓的坏地方呢？这儿哪里不对劲吗？"咪咪问怪物，它在她身边不安地走来走去。格拉那双黄色的眼睛朝着各个方向迅速地转来转去，咪咪听见它低声地哼哼着，不停查看自己变浅的皮毛。

　　"你是不是也想去什么地方把自己弄干？"咪咪问道。

　　格拉咕噜了一声。咪咪拍了拍它那柔软得像棉花一样的手臂。

　　"我在这里等守门者，它应该一会儿就干透了。这儿很温暖。"咪咪说。

　　格拉焦虑地来回踱步。咪咪瞥了一眼池子里翠绿色的水，那水暖暖的。池子填满了整个洞穴，或者换句话说，这个洞穴就是个大水池。

　　"我现在大概要去泡个澡了，很快就上来，正好守门者身上还没干。"咪咪说道，"我把浴袍也一块儿洗洗，下面的水还挺暖和的。"

　　格拉顿了顿，露出迟疑的神情。

　　"我必须去洗澡了，你看！我身上脏兮兮的！"咪咪说着，咯咯笑了起来。

格拉发出不安的哼哼声。

"再说了，我特别喜欢泡澡。而且我还带着我的浴袍。"咪咪友好地继续说道，"你正好可以去前面探一探路。"

怪物低声地咕哝着。它朝四周环顾一番，像是在确认路线。然后它静静地朝着跟守门者相反的方向跑去。在这巨大的石头洞穴里，怪物沉重的脚步发出了轰隆隆的声音。

咪咪看着它的背影。"对了，你这会儿不再是灰扑扑的啦！"她大声喊道，但怪物没有回头。

第十章　浴袍的指南

　　咪咪找到了一个隐蔽性很好，而且很舒服的角落，在这里泡澡和洗衣服都很完美。

　　她做的第一件事就是清洗浴袍。浴袍已经很脏了，上面全是尘土。池水立马变得浑浊起来，像泥水一般。后来，咪咪站在水里玩了很久，池水才恢复了翠绿透明的样子。

　　"哎呀呀，你真像个在泥坑里打了滚的小猪崽。"咪咪一边跟浴袍聊天，一边轻轻地揉搓漂洗着它。慢慢地，毛巾布终于又变回了蓝色，浴袍看起来也似乎恢复正常了。

　　咪咪把浴袍平摊在池边的石头上晾着。石头是热的，就像在阳光下晒了一整天一样。到底是什么使它变热的呢？肯定不可能是太阳。

热量是从底下什么地方传来的，它不但把石头地面加热了，也使绿色的水变热了。光也是从下面什么地方透过来的，但咪咪无法弄清楚它的源头。忽明忽暗的蓝色光线像从石头和水里射出来的，它柔软而又微弱，仿佛夜晚忽闪忽闪的灯光。

用腿拍着水玩了很久之后，咪咪换了个姿势，她仰面浮在水面上。四周静得出奇，气氛轻松愉悦，还有点懒洋洋的，就差一点点沐浴泡泡炸裂的窸窣声了。石头上的浴袍颜色慢慢变浅，快要干了。守门者大概过一会儿也就干透了。

咪咪往上看去。她努力想要看清顶部是什么样子，但上面太高了，还没到顶就消失在了阴影里。

她们到底是从什么地方掉下来的呢？也没见到开了的门锁。整件事情十分古怪。

咪咪转了个身，游到水池岸边，去查看浴袍的情况。

"你快干了吗？"她一边对浴袍说话，一边像海豚一样拍打着水面。

岸边有闷闷的干咳声传来。

"你醒了！"咪咪惊喜不已。

浴袍一动不动地躺在石头上，再次咳嗽起来，然后它用窒息般的声音说道："能不能麻烦你帮我摆脱这个石头？"

"你是不是被粘住了？"咪咪的话里满是担心。

咪咪抓住浴袍的衣摆把它拉了起来。浴袍并没有被粘住，很容易就和石头分开了，但它僵硬扁平得像一块硬纸板。所以它没法自己站立，立马又跌跌撞撞地倒在了地上。

"怎么了？你瘫痪了吗？"咪咪惊恐地大叫，飞快地从水池里爬了出来。

她在浴袍旁边弯下腰来，小心翼翼地用手抚了抚它。

"使劲把我揉搓揉搓。"浴袍的请求几不可闻。它这会儿连说话都很困难。

咪咪拎着浴袍的肩膀，一遍一遍地揉搓它。慢慢地，布料不再那么僵硬了，浴袍变得柔软起来。

"现在好啦，谢谢!"它说道。声音几乎已经恢复正常。

"你到底怎么了?"咪咪气喘吁吁地问道。揉搓浴袍费了她好大的力气，惊恐又让她的呼吸更加粗重。

浴袍活动了一下僵硬的袖子，像经过了漫长的汽车旅行那样，伸了一个大大的懒腰。

"哎哟哟。活动活动感觉好多了。我身上沾了太多地道里的灰尘，而且你给我洗澡的水很奇怪。"它回答道。

"怎么个奇怪法儿?"咪咪问道。

浴袍朝水池里看了一眼，"里面大概是有沸石。"它推测道。

"那是什么?"咪咪害怕地问道。

"还是得再漂洗一下，我的小朋友。更准确地说，得换一种水。"

"我已经很仔细地漂洗过了呀。"咪咪说。

浴袍哈哈大笑起来："这个我知道，小朋友。但我变僵硬了，还糊在了石头上。你是不是跟我一样，相信这里面是有原因的呢?"

"切!"咪咪不赞同地嗤了一声。

"我反正是这么想的。跳到水里去吧，这样我们也可以聊天。那个绿色的朋友一会儿就干透了。"

咪咪"扑通"一声，又回到了水池那舒服的温暖中。

浴袍僵硬地坐在它刚刚摆脱的石头上，问道："跟我说说，你都有哪些问题要问？"

咪咪看向浴袍空荡荡的兜帽，它正转向咪咪这边，等待她的回答。到底要问什么呢？这一切的一切，要从哪里问起？

"为什么我请求了你很多遍，你都不回答我？"咪咪问道。

"因为你不需要帮助。"浴袍温和地说道。

"我需要！我有很多紧急的重要事情！"咪咪激动地大叫道。

浴袍换了个更舒服的姿势，问道："那你告诉我，都有哪些紧急的事情？"

咪咪皱了皱眉头，"现在都已经过去了，这会儿没有。但是那些时候，我得一个人搞清楚所有这些事情！"

浴袍表示理解地点了点头。

"虽然守门者给了我毛绒裙子后，是我自己决定把你扔到地上的。"

"做得好。我知道你可以自己搞定这些事情。你现在也完全不用道歉，不用因为把我扔到地上这件事情而愧疚。你本来就应该这么做，这些都是我计划好的。"

"你计划好的，是什么意思？"咪咪吃惊地问道。

浴袍愉悦地大笑起来。"幸好你们人类是很好引导的。不然我就没办法把怪物送到你所在的地方了。"

"别开玩笑了！格拉是自己找到我的！你可能不知

道，怪物的嗅觉都特别灵敏。"咪咪纠正道。

"确实如此，但是你或许也应该注意到了，怪物是跟着谁去找你的？对吧！你肯定会用你的脑袋去思考。"

浴袍弯腰凑近了咪咪，接着说道："小朋友，我知道，到现在为止，很多事情都是不需要我帮助，你就可以很出色地解决的。但是现在情况有了变化。"

"什么变化？"咪咪问道，"现在开始变困难了吗？"

"或许是的，又或许不是。但不管怎么说，从现在开始，你需要我的帮助。"

咪咪皱了皱眉头，"这真的是一个危险的地层吗？守门者看起来很害怕。"

浴袍的兜帽倾斜过来，"咳，"它若有所思地答道，"这层可以使整体路程缩短，这是肯定的。但是，路程变艰难了。这一层里不只有你们，还有一些别的家伙。"

"比如说谁？"咪咪问道。

浴袍用那干净的空袖子大致比了比。

"这不是重点。重要的是，不要闯进别人的房间。任何时候，都不要奔跑。在这一层只要速度缓慢，就能更快地走完。反正你们或早或晚，都能找到出去的门的。"

"这也太奇怪了！缓慢是什么意思？我得走得很慢，还是说话很慢？"

浴袍愉快地大笑起来："你按照自己的意愿去做就可以，只要记住我的建议就够了。"

咪咪点了点头，浴袍给的指南一向都是这个样子。它喜欢给大致的建议。突然间，浴袍惊慌地朝后面看了一眼。

"有谁过来了吗？"咪咪害怕地问道。

浴袍快速地转过来面向咪咪，惊讶地说道："我还以为是谁呢。你那绿朋友干得也太快了。我可能判断错了它衣服的材质？也不重要了。现在你得仔细听好下面我要说的：你很快就会遇到个不速之客。她会是你的帮手，虽然她可能不大情愿。她不知道路线，也不谨慎，她还有可能被困住，或者迷路。她甚至不会用自己的脑子思考。"

"陷入危险？"咪咪重复道，"那我怎么能认出来这个客人？"

"这你倒不用担心。"

"为什么？"

浴袍的兜帽抬高起来，似乎是在仔细听动静。

"你的绿朋友一会儿就要来了。"它快速地小声说道，"这个建议是给你的：你的客人带着自己的光，从一道黑暗的门过来。你要赶在别人之前，找到那道门和你的客人，以及……"

"我怎么知道门在什么地方？"咪咪担心地悄声问道。

"门会自己来到你的面前的。要时刻睁大眼睛，就算在黑暗中也是。千万记住：速度要慢。不要跑，这样你才不会惹怒任何人。以及……"

浴袍飞快地向后瞥了一眼，已经能听见守门者拍打地面的脚步声了。

"以及什么？"咪咪悄悄问。

浴袍转向咪咪那边，非常小声地说："赶紧离开这个洞穴，马上。此地不宜久留，其实也不应该在那个水中游泳。你们赶紧离开这里，不要留下任何关于你们的印记。你们还有十分钟的时间，哦不，九分钟。还有，我的小朋友，谢谢你把我洗干净。"

"九分钟？"咪咪倒抽一口凉气。浴袍突然间失去意识一般瘫倒在石头上，像放在地上的一团普通的蓝布，只是稍微硬一点儿。咪咪惊恐地盯着它。

守门者拍打地面的脚步声近在咫尺。

"小云雀，你躲到哪儿去了？"它喊道，"我觉得，哦不，我知道，我们得继续赶路了。"

"我这就来。"咪咪害怕地答道。她快速地从温暖的水里爬上来，手忙脚乱地把睡衣和浴袍套在身上。

"你说得对，我们得立马离开这里，就现在。"

第十一章　柯比调研，海莉挥拳

众所周知，森林很大，足以让很多事物销声匿迹般地躲藏起来。常常会有两个人同时在同一座森林里，却丝毫没有注意到彼此的存在。柯比和海莉就是这样。他们都瞒着对方独自来到森林，虽然他们有着相同的目的——找到咪咪，把她带回家——但他们采取的行动却不一样。

柯比沿着林间小道朝着瓶子山坡走去，在路上开展搜寻工作。围着山坡绕了几圈后，他在山脚下坐了下来，背对着被太阳晒热的那面石壁。他得好好想想。他知道自己现在离怪物家的大门很近了，但是他完全不知道，要怎样才能把门打开。他努力冷静地去思考解决办法，打开研究笔记，仔细查看了几分钟。但因为可以查看的内容实在太少，他又把笔记本合上放回了书包里。这时他的手碰到了包里那本茹纳尔的书：

怪物——这种动物在我的实验中的特性和品质

茹纳尔·卡利　著

柯比把书从包里拿出来，翻开目录。大部分内容他都熟悉而且读了很多遍：怪物的外形和存在方式，怪物获取营养来源的方式，怪物的人类习性，怪物的动物习性和其他。

实际上，只有一个部分柯比还没有阅读，那就是书的最后，名字叫"经验性研究成果"。这部分基本上都是茹纳尔的铅笔绘图和测量数据。也就是一些没什么意思，也没什么用处的内容，毕竟真的有人会对"怪物的脚指头多长"这件事感兴趣吗？或者关心它练习"S"这个字母的发音用了多长时间却最终也没学会？柯比粗略地翻看着这些页面。茹纳尔的绘图相当精细："怪物手掌详图""怪物脚掌详图""怪物皮毛上不同形态的毛发"等，诸如此类。

绘图后面是附录：工作日记节选，它看起来就像是写满字的日历或者备忘录。柯比浏览着那些标记。

7月14日

我决定花一整天的时间来测量怪物的各种数据，

尽最大可能详尽和精确。测量工作一开始进展得很顺利，但当我用各种方式测量了一小时十分钟左右，怪物突然表达了想要立马结束这件事情的意愿。我很理解，一直保持同一个姿势被测量，它肯定觉得紧张不适。以下是今天所有测量项目的列表，我在不同的列表里标注了测量结果。

柯比继续翻阅笔记，想要找到点有趣的内容。所有的标记看起来都差不多，茹纳尔在不同时间点测量了各种数据，考察某些细节，进行了一些尝试，推测了一些结论。柯比无意中将目光投向了倒数第二页：

　　……失去怪物之后，我集中所有精力进行信息的收集整理，我尽量精确迅速，就像在其他工作中一样。毫不夸张地说，我在想念一个本来仅仅是我研究对象的生物，只是后来它成为了我的朋友。我设想过，有没有可能在它自己生活的环境中跟它重逢……

柯比弯下腰凑近了这段文字。这是个新的发现。茹纳尔是不是想要去怪物居住的地方拜访它？柯比继续读下去。

　　我的计划是把这部研究专著写完，让后代们了解更多的信息。然后我可能会给自己放个假，去寻找怪物最开始出现在人类世界的地点。虽然我不能百分之百确定自己能够找到，但根据我收集到的所有线索，我知道应该从什么地方开始寻找……

"嗯？什么地方？"柯比不耐烦地咕哝着，继续往下翻页。茹纳尔知道的是不是比柯比多一些？他是不是已经找到通往怪物所在地的路线了？茹纳尔在数十年前消失不见，在那之后，谁都没有再见过他。柯比浏览着这些文字，遗憾的是，这本书就要结束了。

　　……我必须承认，我做这个研究的目的不仅仅是为了学术，也有情感因素，最主要的是个人原因：在我研究了这个美好而特别的、对我而言代表着世界上另一种真相的生物之后，我认识到宇宙中生物形态要远比我们不假思索的认知范围广得多。世界是神秘莫测的。我油然生出一种自己都觉得惊讶的愿望，我想要做一名探险家，去体验自己之前从未体验过的，去和这些奇怪的生物一起，体验另一个物种的生活。写下这段话的此刻，我并不知道将来会发生什么。但我知道的是：我不害怕，我想去看看。

读完最后一页的最后一句话，柯比吃惊地抬起头来。茹纳尔说的是什么意思？他到底怎么了？

"我也想去看看。"柯比咕哝道，"我也不害怕，或者说，至少不是很害怕。但我接下来到底要怎么做呢？"

柯比使劲挥了挥手，赶走手臂上的蚊子。夜幕就要降临了，必须得做点什么，可到底该做什么呢？当科学家想要探索未知，而不是忙着害怕时，会怎么做呢？即使没有任何方向，也不知道应该去哪儿，该如何思考呢？

与此同时，瓶子山坡的另一面，海莉没有坐在那里思考或者阅读。她用力地挥动铲子，铲向树根下方的地面，一次又一次。她能清晰地感觉到，自己的汗是怎样顺着脊背流下去的。用铲子来挖土不是最轻松的选择，但总归它的刃还挺锋利的。海莉是从他们那栋公寓的花园工具储藏室里拿的铲子，它当然是所有住户共同的财产，也就是说，它也是属于海莉的。虽然把铲子拿到公寓以外的地方，好像不太对。

但必须强调的一点是，借走这个铲子，是因为这件事跟公寓中的好几个住户都有着直接的关系。其中一个住户，也就是咪咪，在地底下失踪了；另一个住户，也就是海莉，得花时间来寻找失踪者；第三个住户，也就是柯比，动作实在是太慢、太没用了，他一个人也找不到；尤其需要注意的是，第四个住户，也就是妈妈，因为过度焦虑和挂念咪咪，有可能随时取消第二个住户（海莉）的足球夏令营活动。在这样紧急的情况下，把铲子从公寓的储藏室里拿走，就显得十分合情合理了。毕竟这件事跟这栋公寓有这么多千丝万缕的关联呢。

海莉一边铲土一边不停咕哝。这儿的泥土和家里花园里的土很不一样，森林的土又硬又牢固，很明显不想被挪动或者铲走，很不愿意屈服。恰好海莉也是这样的，而且海莉已经习惯了自己最后总是取胜。于是她继续挖下去，渐渐地，地面上那条缝隙变成了三倍宽，接着四倍，又变成了五倍。缝隙已经大到可以探头去查看里面了，但海莉害怕那些咬人的蚂蚁，于是没有这么做。她要继续把缝隙挖得更大，大到足以使她自己和那些蚂蚁同时穿过去。尽管海莉忙得热火朝天，那群蚂蚁却丝毫不受影响，仍然保持两列连续不断的队伍，一队去往地下，一队从里面出来。

海莉不停挖着，汗水不停流着，蚂蚁不停跑着。夜幕就要降临了。成群结队的蚊子在海莉身边滋扰她，但她只是机械地挥动铲子重重地铲向地面。再来一铲，又一铲，继续一铲，再来一铲，还有一铲。海莉气喘如牛，但是很满意。她很喜欢这种斗争，这才是在做实事儿，是实实在在地解决问题，和坐在写字桌前沉默地空想完全不一样。那种事情是柯比喜欢干的，所以把咪咪找回来这件事才迟迟没有进展。

海莉再次把铲子铲向地面。这次它奇怪地陷进泥土深处，眼看就要掉进去时，卡在了那里。海莉使劲把铲子往回拽了拽，但是它纹丝不动，就像被大地紧紧抓住了一样。

紧接着，铲子周围的地面开始塌陷。海莉迅速向后退了一步。铲子下面的土地开始崩塌，土块分裂成各种形状往下掉落。转眼之间，这里出现了一个差不多一米深的大坑，铲子立在坑的底部。

海莉跪在坑的边缘往下看去，只见坑的底部有一堆松散的泥土，显然很容易就能被铲到一边去。坑的另一侧，一堆泥土的底下出现了一个黑色的洞，就像是一条狭窄地道的入口。那群蚂蚁正匆匆忙忙往这个地道里爬去。

海莉跳到坑里去拿铲子，这会儿倒是很轻松就拿到了手。她把甬道入口的泥土铲到旁边去，甬道里很暗，有个很陡的坡，通向下面。应该可以爬进去，但海莉不是很想和那些咬人的蚂蚁一起爬进同一个甬道。不过也很难把甬道的入口弄得再大一点，因为它周围的泥土里布满了树根。

海莉把铲子扔在坑的边缘，从背包的侧兜里翻出手电筒。她蹲下来朝甬道里望去，发现这个入口狭窄的甬道似乎在一段距离后变宽起来。她小心地把头伸进甬道，提防着那些蚂蚁，然后用手电筒尽可能地照向甬道的最深处。是的，甬道在入口之后不远处就变宽了，像个洞穴。洞穴相当高，海莉在里面站着都绰绰有余。

海莉又用手电筒照了照那些蚂蚁。它们十分严谨地沿着自己的路线快速向前爬行，对海莉所做的一切丝毫不感兴趣。海莉伸出手高高地悬在蚂蚁队伍上方试探着，大约二十厘米的距离。蚂蚁们继续快速爬着，好像什么也打断不了它们，什么都破坏不了它们快速行进的队伍。海莉把手电筒放进嘴里用牙齿咬住，然后谨慎地用手和膝盖撑地，小心翼翼地爬进洞穴里。

瓶子山的另一侧，柯比也动身了。他还是没有想好，应该从哪里开始寻找通往地底的路线。不过他决定去蚂蚁穴那儿看看那些送信的蚂蚁，也许观察它们之后，会想到一些办法。

来到瓶子山的另一侧，柯比老远就看到属于他们公寓的那把橘红色的园艺铲子，正躺在那棵大杉树的树桩子那里。柯比惊讶地停住了脚步。七零八落的地面上有个显眼的大坑，坑底有个黄蓝色的什么东西，一转眼就消失在地底下。什么情况？那分明就是海莉的运动鞋。

柯比正准备大声叫海莉时，发现树林中突然有了动静。他毫不迟疑地一头扎进地上的蓝莓丛里躲了起来。心脏都要跳到嗓子眼了。三个女巫，又是她们！为什么她们每天都要结伴在这里游荡？柯比从蓝莓丛里小心翼翼地抬起头来环视四周，女巫们没有发现他。海莉的运动鞋已经消失了。现在只能祈祷，海莉躲在那里不出来。

女巫们飘到蚂蚁穴那儿，围在旁边。绿裙子的女巫把什么东西放进了巢穴里。柯比努力眨了眨眼睛，但仍然没看清。那到底是什么东西？蚂蚁们立马接住了它，然后一起把东西运到杉树那边。柯比咽了一口唾沫。它们要去那棵杉树那边，海莉就在树根那里！柯比非常缓慢地直起了膝盖。必须看一看，到底发生了什么。

女巫们朝着杉树那边转去，又立马停住了。因为她们也看到了那个土坑。公寓那把园艺铲子在深色的泥土中十分扎眼。女巫们没有相互交谈，只是缓慢地飘到大坑那边，停在了土坑的边缘。

绿裙子的女巫下到坑里。柯比伸长了脖子。女巫们不会要跟着海莉爬进去吧？这倒没有，但是发生了比这更古怪的事情。站在坑里的女巫弯下腰来，把那苍白的手放在大坑边缘的泥土上。她抓住泥土一拉，土坑就像滑动门一样，慢慢合上，就像关起了长着灌木丛、用森林地皮做成的滑动门。柯比惊得张大了嘴巴。

当土坑快要被封起来的时候，女巫从坑里爬了上来。她弯下腰，最后合上了盖子。另外两个女巫在凌乱的地面移动着，她们用苍白的手轻轻地抚了抚地表，地上就出现了蓝莓灌木，草丛也变绿了。地面看起来就像没有被动过一样。无论如何都看不出来，这里在上一刻还有一个土坑。

柯比不可置信地睁大了眼睛。海莉现在在哪儿？她怎么从里面出来？

灰衣服的女巫把公寓的园艺铲子拿了起来，夹在腋窝下。女巫们转身离开了。没过一会儿，她们就消失在树林里。

柯比急促地起身，无声地跑到杉树树根那边。

"海莉？"他小声喊着，一边抓住身边的蓝莓灌木连根拔起。他用手敲了敲地面，下面似乎并不是空的。地面和之前一样，是普通的、实心的、封闭的。海莉却待在下面的某个地方，千真万确。柯比需要铲子，但是女巫们把它带走了。

柯比把背包顺到背上，飞快地往家跑去。他非常非常焦急和担心，这事儿放在谁身上都会受不了。他让两个姐妹都消失在地底下的甬道里，而且马上还要把这件事情告诉爸爸妈妈。

就在柯比往家飞奔的同时，海莉在地下的洞里站了起来。洞穴和一间小教室差不多大。她惊讶地环顾四周，然后"咔嗒"一声关掉了手电筒。洞穴里不需要开灯，因为里面有光。那长满青苔的墙上，有缓慢移动的小亮点不停地闪烁着，忽明忽暗。洞里的泥土地上，蚂蚁们沿着那条狭窄的甬道继续往前行进。

　　海莉把手电筒塞进包里，跟着蚂蚁往前走。如果自己不知道路线，最明智的决定就是跟着那些知道路线的家伙。

第十二章　危险的选择

蓄满水的洞穴已经被甩在身后很远了，但守门者仍十分焦虑。它走在队伍的最前头，不时害怕地向四周瞥去，像是预备着随时有谁会扑到她们面前。

"这里不是只有我们。"在她们穿过一个又一个新的洞穴时，守门者喃喃道，"如果这是重合地层，那我觉得这里不是只有我们。我们最好赶紧从这里出去，赶紧！"

"如果还有其他人，会有什么影响吗？"咪咪气喘吁吁地问，她很难跟上守门者的速度。

"不是所有人都怀有善意的。"守门者沉重地说。

"但还是有挺多善良的人呀，"咪咪说道，"比如你和格拉。再说了，除了我们，我也没在这里看到别人。"

"虽然看不见，但仍然有可能存在。唉，地上的小鸟，这是一个充满危险的地层，这石头地面什么也不对我说。我一点儿指导都获得不了，只能像个盲人一样往前走！我害怕。"

咪咪很清楚，安抚对守门者根本没有用。它自己决定要去害怕，这就没办法。咪咪环顾四周，到目前为止，一切都进展得还算顺利。这些洞穴相互连通，就像项链上的珍珠一样。它们一个接着一个，整齐地排列着，看起来并没什么危险，仅仅是一些大小不一、空空荡荡的石头大厅而已。这些石头大厅的地面暖暖的很舒适，墙上透着朦胧的光亮。如果真有别人也在的话，他们肯定也是毫不起眼的，因为没有一个是咪咪看得见的。

忽然，守门者停下了脚步。它停得毫无征兆，咪咪一下子撞到了它背上。一直沉默着的格拉低声咕噜着，不过它没有撞到任何人。

"现在又这样！"守门者大叫道，"道路分岔了！沉默的道路分岔了，可我不知道哪条才是正确的。"

"哦嚯。"咪咪说道。

守门者说得没错。明亮的洞穴后面不再和之前一样，连着另一个明亮洞穴的入口，现在出现在她们面前的是三个入口，每一个都通向黑暗。

"这些洞穴里都没有光。"咪咪说道。

"没有，这就是这一层的某个把戏。只有一条道路是正确的，而且我们只能一直往前，不能走回头路。要是知道哪一条是正确的，就很好办。"守门者沉重地说，

"可是我不知道！"

咪咪看了一眼格拉，它在她身后不安地踱步。

"你知道吗？"咪咪问它，怪物只是焦躁地摇了摇头。很显然，它很不在状态。掉进水池里后，它被洗掉的似乎不仅仅是颜色，还有一些别的东西。怪物变得很胆小。

除此以外，它看起来像褪色了一样，黯淡了很多，还更加蓬松。它肯定不能再把自己隐藏起来了。它的皮毛上没有怪物尘，没有泥土，也没有气味。

咪咪担心地拍了拍怪物的手，说道："那就，让我们选一个吧，抽签决定也可以。"

守门者盯着那些黑暗的洞穴，没有回答。

"我可以来抽签。"咪咪建议道。

"这里不只有我们。"守门者喃喃道。

"你有没有发现，这句话你已经重复很多遍了？"咪咪耐心地说道，"现在让我来选一条路，你们等着就行。"

她朝第一个洞口望去。

"嗯哼，这里又黑又空。不过，尽头有个门，那儿有光透过来。我们肯定只需要勇敢地穿过一个黑暗的洞穴，就能再次进入明亮的洞穴了。就是这么简单！"

格拉发出不安的咕噜声。咪咪握住了它的手。"不要害怕，傻怪物，那只是个黑暗的洞穴而已。你难道还会害怕黑暗吗？"咪咪放开了怪物的手，走到第二个洞口前面。

"哎呀！这里有很多巨大的石头，但是穿过它们应该没问题。这个洞穴的尽头也有一个门。"

咪咪又走到第三个洞口前。

"呃，这里有一点吓人。这个洞的地面有水。难道这是个夜场游泳馆吗？"

咪咪转身看向守门者说道："我觉得第一个洞穴是最容易通过的，我们走第一个吧。"

"那有可能是条错误的路线。"守门者悲观地提醒道。

"不试一试怎么知道它是对的还是错的呢？"咪咪答道，"不要老是担心来担心去的，你可是一直在地底住着的。"

"可我不在那些洞穴里住着。"守门者强调道。

突然间，守门者脸上露出惊讶的表情，"嘘——你们都停在原地别动。我听到了一些声音。"

"是什么？"咪咪紧张地问。

守门者看起来很担心。"有很小的步子正朝我们走近，特别小。我希望，它是个守门者。"

格拉那黄色的眼睛飞快地转向第一个洞口，比眨眼的速度还快。

"那个小守门者是从那儿过来的吗？"咪咪悄悄问道。

守门者迟疑地点了点头。"不过到底是不是守门者，我就不知道了。"它声音特别小，眼睛始终紧紧盯着黑暗的洞口。

时间一分一秒地过去。

"它到底什么时候过来？"咪咪悄声问。

"就现在。"守门者点了点头。

洞口出现了一个家伙，它又小又黑，差点被身后的黑暗隐藏起来。

"那是只猫咪吗？"咪咪惊讶地小声说道。

"嘘——我来负责说话。"守门者小心翼翼地悄声说。

猫在那儿坐了下来。它打量着面前的三个家伙，尾巴左右来回摇晃着。

守门者毕恭毕敬地鞠了一躬，开口道："我代表我们三个向您问好，猫大人。冒昧打扰，请问您是这个门的守门者吗？"

猫优雅地抬起前爪，舔了起来。

"我们可以从您的洞穴穿过去吗？我们一共只有三个：我，从地面来的人类孩子，还有落单迷路的怪物。我负责护送她们回家。"

猫的目光转向格拉，又看向咪咪。它"喵呜"叫着，伸了个懒腰，站起来，转身走向黑暗的大厅。它回头看了一眼咪咪和格拉，"喵呜"叫了一声，然后迈着轻柔的脚步，走进了黑暗。

"它想让我们跟着它。我们要赶在它消失前跟上！"咪咪急促地说道。

守门者看起来不太满意。"好吧。可能不是所有的守门者都会说话。"它咕哝着。

她们穿过洞口，踏入黑暗中。一开始她们什么都看不见，渐渐地，眼睛开始适应昏暗的环境。咪咪往上看去，洞穴很高，甚至像没有顶一样。墙壁都隐在了黑暗中，无法判断这个洞穴究竟有多大。尽头那个明亮的门洞像是灯塔一般，她们朝着它缓慢地走去。

猫迈着轻盈的步子，在前面头也不回地走着。咪咪紧跟其后。脚下的地面很硬，但时不时会发出窸窸窣窣的声响，像是干燥的树叶或者纸张。咪咪弯腰捡起几片沙沙作响的叶子，塞进口袋里想留作纪念。她回头看了一眼守门者，吓了一跳。

"格拉哪儿去了？"她问道。

"了了了了——"洞穴微弱的回音像是在不停地轻声低语，幽灵一般，咪咪起了一身鸡皮疙瘩。守门者什么都没有回答，也回头看了一眼。它再次看向咪咪，耸了耸肩。

"格拉？"咪咪小声地叫它，同时四下环顾。怪物去哪儿了？它在黑暗中迷路了吗？

"格拉拉拉啊啊——"低低的回音再次响起。

"格拉，你在哪儿？"咪咪害怕地问道。

"哪儿儿儿儿——"回音像在叹气一般。

守门者拍了拍咪咪的肩膀，用手指向她们身后。只见格拉那灰色的身躯在离她们很远的后面。原来它仍然站在这个洞穴的入口处，没敢跟着她们进来。咪咪看到怪物痛苦地来回踱步，摇摆不定。它既想要跟过来，又想留在那里。

"那只猫哪儿去了？"咪咪低声问守门者。

"去了去了去了了了了——"回音重复着她的话。

守门者先是竖起它那绿色的手指放到嘴巴前，示意咪咪小声，然后指了指她们前面的昏暗处。猫已经差不多快要走到洞穴的另一头了。咪咪担心地看了一眼远处格拉那灰色的身影。它为什么不过来？

猫已经走到了洞穴的出口处。它环顾下四周，然后可爱地坐在出口旁边，仍然在这个洞穴内侧。它抬起头，黄色的眼睛看向守门者和咪咪，等待着她们。

守门者拉着咪咪的手臂，把她带到猫的面前。"我们衷心感谢您。"守门者礼貌地低声说道。

"谢您您您您——"回音幽灵一般重复着。猫低下了头，也许它在鞠躬回应，也许只是厌烦了跟她们在一块儿。

守门者跨出洞穴，站在明亮的一侧，松了一口气。"这一段进展得挺顺利。"它劫后余生般欣慰地说道，"赶紧过来吧，小云雀。快过来。"

但咪咪站在黑暗大厅里不肯过去。"那格拉怎么办？"她问道。

"怎么办么办办办——"叹息一般的回音响起。

黑暗洞穴的另外一头，深色的身影站在原地盯着她们，一动不动，像是在求助。

"我们也没有办法。怪物不想过来。每个人都只能自己决定是过来，还是留在那里。"守门者一边回答，一边不耐烦地挥了挥胳膊，"过来吧，地上来的孩子。"

"我不去。你这个傻子，我们不是要去格拉家吗？我不可能把它一个人丢在那儿的！"咪咪生气地大声叫道，完全忘了浴袍的叮嘱。洞穴里顿时充满了她的回音："那儿的那儿的那儿的儿的儿的——"突然间，回音后又响起了别的声响，是奇怪的窸窣声，就像上百个人同时打开报纸，不停翻来翻去一样。咪咪惊讶地看向四周，声音从哪里来的？周围什么也没有。黑猫优雅地抬起另一只前爪，旁若无人地舔了起来。

"小云雀，过来吧。"守门者一边说着，一边把手臂从门口伸进洞穴里边，"快从洞穴里出来，我感觉，好像有什么事情发生了。"

好在窸窣声又慢慢平息了，洞穴里也恢复了安静。咪咪想起了她从地上捡起的树叶。她把它们放哪儿去了来着，口袋里吗？咪咪把手伸进浴袍的口袋里，是的，在里面。

"过来吧，格拉。"咪咪朝着洞穴的另一头低声说道，"快过来，亲爱的怪物。我在这里等你，不要害怕，过来。"

"过来过来过来过来来来来——"回音像叹息一般。就在这时，怪物下定决心般突然往这边来了。它低吼着跳进黑暗的洞穴里，迈着大步向前冲去。洞穴里充斥着低吼声和回音。咪咪着魔般一动不动地盯着洞穴里，她看到怪物加快了速度，看到它越来越快地穿过洞穴，脚步重重地踏在温暖的石头地面上。洞穴里的回音满得都快溢出来，所以咪咪一开始没有注意到那窸窣声。格拉跑到洞穴中间的位置时，窸窣声越来越大，终于盖过了回音。而窸窣声的后面，还隐约传来另一种声音，是锐利的尖叫声：

"啊，啊，啊——"

"呀，呀，呀——"

尖叫声在墙壁之间不停地回荡。空中突然出现很多来回扑腾的东西，成群结队，横冲直撞。一个又一个小小的亮点此起彼伏，洞穴中像是瞬间充满了流星，到处都是飞快掠过的光线。

"这里有青蛙精灵！"咪咪叫道。洞穴中的噪声盖过了她的喊声，"亲爱的怪物，跑，快跑！别停下！"

但是，怪物的速度却慢了下来，因为它被几十甚至几百个亮点团团围住。它们看起来像是会飞的圣诞灯光一样，但实际并非如此欢乐，它们那些满是皱纹的嘴渴望着鲜血。这些小小的怪物像蚊子一样，手上拿着尖尖的吸管，肯定已经纷纷刺破了格拉那失去保护的皮毛。咪咪当然知道，接下来会发生什么。格拉定在了原地，因为全世界它最害怕的，就是这些小小的攻击者，带着尖刺，让它毛骨悚然。

"别停下来!"咪咪一边喊着,一边飞奔冲到怪物那边。

"不行,不要过去!快点回来!"守门者高声叫道。但是没有用,咪咪必然是要过去的。片刻之后,咪咪来到那群像蚊子一样的怪物中间,站在呜咽的怪物旁边。

"不许烦它!"咪咪喊道。尽管这句话仍然有回音,而那些尖叫声和窸窣声还是让这句话显得十分苍白和徒劳。青蛙精灵们上下不停地冲撞尖叫着,不管咪咪怎么用手驱赶,它们的数量都越来越多。怪物在原地呜咽着,青蛙精灵落在它毛茸茸的各个部位上,把尖利的吸管刺进它的皮肤,贪婪地吸吮着怪物的血液,或者说是怪物血管中流动的任何液体。

"现在我要生气了,你们听见没有!"咪咪绝望地大喊。她胡乱地抓住几只青蛙精灵的脚,或者是手,或者是任何她碰巧抓到的部位,用尽全力狠狠地把它们扔出去。青蛙精灵们仍然扑腾尖叫着,再次发起攻击。

突然,一声尖锐的口哨声盘旋在洞穴里。它从什么地方传来,咪咪无从知晓,但是这对青蛙精灵们来说是一个信号。像是被一阵风吹走了似的,像蚊子群一样的青蛙精灵队伍瞬间离开,消失在顶部的黑暗里,快得就像不曾出现过一样。

"趁现在,快!"咪咪低声对怪物说道,不过怪物在她开口之前已经行动起来。它轻轻地把咪咪夹在自己腋

下，慌不择路地逃离这里。

"跑错方向了！听见没！到这边来！"守门者那不满的声音越来越远，越来越小。

怪物停下了脚步，咪咪睁开眼睛。守门者说得没错，格拉跑回原来的地方了。咪咪感受到怪物的心脏，在它深深的胸膛里怦怦直跳，像在打鼓一样。她用尽全力紧紧抱住了它。

"刚刚真的太恐怖了。"咪咪低声说道，"你是不是知道它们一直在哪里？你嗅到了它们的味道或者其他东西对吗？"

怪物黄色的眼睛无助地转了转。它身上至少被扎了上百个孔。

咪咪的视线从格拉受伤的身上抬了起来，突然被吓得尖叫一声。第一个洞穴的门口不再是空荡荡的，那里不知什么时候开始站着一个苍白的生物。它平静地看着咪咪和怪物。它长得和青蛙精灵很像，但体形大很多，和人类差不多大小。它手里拿着的也不是吸管，而是用树根编制的篮子，里面装满了扭结糖果。它的皮肤像青蛙，看起来湿漉漉的，鼻子也和青蛙一样宽。它鲜绿色的大眼睛微微凸起，目不转睛，甚至都不眨一下，使得这家伙的目光看起来也很像爬行动物——虽然它像人类一样用两条腿站立，而且穿了件红褐色的衣服。它的脖子上还挂着个号角。

那家伙盯着咪咪。咪咪朝它鞠了一躬，学着守门者之前对猫鞠躬的样子。那家伙也朝咪咪鞠了一躬作为回应。

"下午好。"咪咪打了个招呼。她看到守门者在洞穴那头站着，伸长了脖子看向这边，想要看清这里发生了什么。但很显然他没怎么看清。

"我们可以从这里过去吗？"咪咪非常礼貌地继续说道，"守门者已经在那边了，我们本来也准备过去的，但是突然来了很多可怕的青蛙精灵，成群结队地攻击我们。"

咪咪用手指了指洞穴的那头，但那家伙并没有看过去。它只是非常缓慢地摇了摇头。

咪咪吃惊地盯着它。"真的吗？"她问道，"为什么不可以？"

那家伙再次摇了摇头。难道它不会说话？它缓慢地抬起另一只手，指向了第二个洞穴的入口。

"什么？我们得从第二个洞穴过去吗？那守门者怎么办？它已经在那边等我们了呀。"咪咪问道。

那家伙没有回答，它若无其事地鞠了一躬，然后转身离开了。它边走边把手伸进篮子里抓了一把糖果撒在地上。窸窣声和尖叫声顿时填满了整个洞穴——一大群讨厌的青蛙精灵蜂拥冲向了那堆糖果。那只小小的黑猫不知什么时候出现在洞穴里，脚步轻盈地跟着那个青蛙一般的生物离开了。

"呸，"咪咪觉得恶心得不行，"早该猜到了！这儿肯定是那些青蛙精灵的窝，刚刚那个是它们的祖先。它竟然用糖果喂它们！我就想问问，这像话吗？"

那个家伙和猫消失在洞穴的黑暗里，那些横冲直撞的亮点和尖叫声也慢慢平息下来。

洞穴遥远的那头，守门者站在明亮的门口看着咪咪和格拉。

　　咪咪朝着归于平静的洞穴那头低声喊道："在那边等着，我们这就过来！"然后她保护般地抓住怪物那只柔软的大手。"什么也别担心，我会照顾好你的。"咪咪小声对它说道。

第十三章　海莉有了进展

海莉尽可能地把脸凑近青苔墙壁。是的，蚂蚁们就是从那里消失进墙壁里去的。它们起初在地面上正常地走着，但突然之间就爬到墙上去，因为墙上有青苔或别的什么类似的东西覆盖着，蚂蚁们进去后就消失了。

要不是因为海莉是一个冷静的竞赛运动员，她肯定已经慌乱了。毕竟在地底下，蚂蚁对她来说就是同行的伙伴。跟着蚂蚁前进，她总归不是孤零零一个人。

海莉一开始并没有发现蚂蚁不见了。她只是平静地走在昏暗的甬道里，尽力走得稳一点，虽然树根似乎在千方百计地戏弄她。她一边走，一边在脑子中设想遇到咪咪，或者其他任何人的场景。这个地道之所以被造出来，肯定是有原因的。如果她遇到的不是咪咪，最好尽量显得有礼貌一点："您好！我叫海莉，您肯定也注意到了，我是个人类。请问您最近有没有在这里碰巧看见另一个人类，比我稍微小一点的？"

如果遇到的是咪咪，她要一点礼貌都没有："你这笨蛋！你跑到地下来的时候脑子到底在想什么？你知不知道，你给大家带来了巨大的危险，比如说差点搞砸了我的足球夏令营？爸爸妈妈每天都在家待着，焦虑得不行。你给我立马回家！"

正这样想着，海莉就被树根绊倒了，"扑通"一声摔倒在地。这时她才发现，蚂蚁都不见了。不知道什么时候，它们在半途中悄无声息地偷偷溜了，果然是小昆虫常干的事情。

海莉爬了起来，然后一直盯着地面往回走。幸好蚂蚁没有改变路线，至少海莉在泥土地上发现那熟悉而坚定的队伍时还没有。她很容易就找到了蚂蚁们掉转方向的转折点，它们就是从那里开始往墙上爬，然后消失在青苔下面的。

现在海莉在墙壁旁边弯下腰来，她小心翼翼地扒开那些青苔覆盖层，因为不想被蚂蚁咬，她只是战战兢兢地把青苔一点点掀开，拨到旁边去，一遍又一遍。不一会儿，青苔底下就出现了蚂蚁们忙碌的身影。海莉露出了满意的微笑。人类总能战胜蚂蚁的，虽然自然纪录片有时候不这么说。

海莉翻动着青苔，在泥土墙面上追踪蚂蚁的行迹还是很容易的。原来青苔下面有条巨大的缝隙，蚂蚁们前赴后继匆忙地冲进去，就像赶公交车一样。海莉得让自己能够钻进缝隙里去，才能继续跟着它们。她用手指抠了抠缝隙周围的苔藓和泥土。蚂蚁对海莉的小动作丝毫不感兴趣。到此处为止，它们还是分两支队伍行进。海莉想，她跟着从缝隙里往外爬的蚂蚁队伍，肯定能很容易就回到地面。但现在，她想先跟踪爬向另一个方向的队伍。

海莉用手轻轻拽了一下，扯下来一块很大的、像柔软破布一样的青苔。青苔底下的泥土却板实坚硬。要是她明智一点，带着铲子来就好了。甬道里没有任何东西适合用来挖土，除了树根还是树根。

海莉抓住附近的一根老树根，想要把它扯断。但是树根丝毫不肯让步。海莉最终叹着气放了手。这时她想起自己口袋里的折叠刀。太聪明了！虽然它又旧又钝，但还是值得一试的。海莉把刀掏出来，开始用它坚持不懈地割着树根。

刀刃比海莉记忆中还要钝，树根最终还是认输般地"咔嚓"一声断掉了。

海莉把折叠刀塞回口袋里，仔细看了看那截树根：用来挖土可能有点儿太弯曲了，不过总比指甲强一点。

海莉开始用树根刮墙壁。意外的是，缝隙竟然很容易就变大了，甚至有点容易过度了。海莉皱了皱眉头，用手碰了碰土墙，它还是和之前一样坚硬。难道她找来了一根超级树根吗？这不重要。只要用树根能挖土，海莉就接着用它挖。重要的是让缝隙变大。

不一会儿，缝隙已经大到海莉可以把头探进去了。蚂蚁都跑哪儿去了？海莉需要更多光亮才能看清。

从背包里拿出手电筒才是最明智的选择，但是海莉太过着急，而她身边正好就有光亮。她从墙上一把扯下一片青苔，上面忽明忽暗的亮点缓慢地闪烁着。她举起苔藓，试着让光照向缝隙里。但苔藓软塌塌的，很难把握方向。海莉皱了皱眉头，把苔藓对折起来，好让光固定住。就在这时，可怕的事情发生了：有什么东西在海莉的手指头上狠狠咬了一口。

"啊——啊！"海莉大叫一声，一把扔掉手里的苔藓，使劲地甩着手，"啊嘶——啊嘶——啊嘶！"

如果那次被蚂蚁咬已经很可怕了，这次比那次疼好多倍。

"啊呀呀呀呀呀，"海莉疼得牙齿打战，把手塞到腋下，"妈呀妈呀妈呀！啊，啊，啊！"

手指火烧火燎的，有剧烈的刺痛感。海莉想看看伤口，但是光线太昏暗了，她什么都看不见。好像没有伤口，没有流血，甚至没有变红。她再次把手指塞进胳膊底下，用脚拨了拨掉在地上的那块苔藓。上面的亮点依然有规律地缓慢闪烁着，像在呼吸一般。到底是什么咬

了她？

　　海莉弯腰凑近那片闪光的苔藓，却又立马连连后退，恶心得发抖。发光的苔藓上趴着一个尖鼻子的生物，看起来像是蜥蜴和蜘蛛的混合体。它的屁股像彩灯一样闪烁着。那家伙用六条腿上尖尖的指甲紧紧抓住苔藓，在原地静静地摇晃着身体。它那锐利的黑眼睛盯着海莉，屁股一会儿暗，一会儿亮，一会儿暗，一会儿亮。

　　海莉愤怒地盯着那家伙，心里想道：就是这东西咬了我。

　　更可怕的想法浮现在她的脑海里。她惊恐地抬头看向甬道里那一个个小亮点。每一个亮点都是和这个刚刚咬了海莉的家伙一样的生物。甬道里所有的亮点都有着黑色的眼睛，此刻肯定都在盯着海莉。整个甬道到这里为止，以及从这里开始，满是这些尖鼻子的、咬人的、可怕的、盯着海莉的危险生物！这里真的不能久留。

　　海莉急促地转向缝隙那边，慌乱地使劲刨土，好让缝隙变得更大。可能是太过于专注，过了好久海莉才发现眼前的不同。缝隙不再昏暗一片，它现在充满了光亮，一眼就能看到底部。是什么照亮了缝隙？

海莉不再挖土，她惊讶地看着自己的手。光亮是她自己发出来的。她的大拇指和食指像两个小小的手电筒一样微微发光，忽闪忽闪的，快要没电一样。

海莉把手指凑近眼睛仔细看了看。温暖的红光是从皮肤底下发出来的。手指依旧隐隐作痛，有些发烫。海莉不可置信地朝手指吹了一口气。一定是刚才那个咬她的怪物把某种发光细菌传染给她了。这得等她回家后，

吃点抗生素药物才能好起来吧。还好她没有其他什么异样。现在得赶紧找到咪咪，尽快回家。

海莉把树根戳进缝隙内侧，就像用剑一样，然后爬了上去。没一会儿，她就能从缝隙穿过去。至少不会看不见蚂蚁队伍了。海莉一边想着，一边用手指在甬道里为自己照路。

"倒还挺方便的。"她苦中作乐地想着。

第十四章　再次尝试

　　地底浓稠的黑暗中，咪咪朝着第二个洞穴内瞥了一眼。它很矮，里面满是巨大的石块，空气闻起来有种奇怪的味道，像湿了的臭袜子。咪咪可不太想住在这样的洞里。

　　"嘿，请问这里有人吗？"咪咪小心地问道，四下打量了一番洞穴。里面什么动静也没有，一片漆黑。

　　"我就知道，你们跑反了方向。"远处有个恼怒的喊声传来。

　　咪咪诧异又惊喜，"守门者！你是怎么到那边的？我以为你得跟我们走不一样的路线了！"

　　守门者回答的声音可不太高兴，"没有！这里只有一条路线。这些黑暗的洞穴全部通向同一个地方。你们知道为什么吗？"

"为什么？"咪咪喊道。

"因为我们掉进'多重大厅'的陷阱了！我们被当成实验品，被戏弄折磨！我提醒过你们了。这些洞穴不想让我们过去。"守门者激动地叫道。

"别担心，我和格拉肯定可以过去的。刚刚只是有点小麻烦。"咪咪喊道。

"你们刚刚为什么要跑？还往错误的方向跑？"守门者一边朝这边喊着，一边不满地挥手。

"你大概也看到了，那些青蛙精灵成群结队地攻击格拉！当时我们只能尽快逃跑。"咪咪愤愤不平地喊道。

"可你忘了你的衣服对你说的话吗？不要在任何人的房间里乱跑。你难道没有提醒怪物吗？"守门者大声责备道。

咪咪哑口无言。确实，谁都不记得要把这事儿告诉怪物。她回头看了眼身后一动不动笔直地站着的怪物，它的眼睛也被吓得呆呆的。

"我可能忘了告诉你。"咪咪吃惊地对怪物说。

"你说什么？声音大点儿！"守门者喊道。

"没什么，我现在告诉它这件事！然后我们就去你那边。"咪咪喊道。

"呵！我就知道。你们要记得，我们被当作实验品，被戏弄和折磨。我们不知道这个洞穴里都有什么东西！"守门者警告道。

"哎呀！你真是的！妈妈说，我们得鼓励朋友，而不是总吓唬他们。"咪咪气恼地喊道。

她转身背对着守门者和黑暗的洞穴，看向怪物。"我跟你说，毛绒团子，"她开口道，"我忘了告诉你一件很重要的事情。这里不能奔跑。我不知道为什么，但浴袍是这么说的。那些虫子攻击你，很可能就是因为你奔跑了。"

怪物那双黄色的眼睛颤了颤，目光转向咪咪。

"你听懂了吗？"咪咪问道。

怪物点了点头。咪咪鼓励地捏了捏它的手。

"你在第二个洞穴里可以做到不要跑吗？"咪咪问它。

格拉再次点了点头，咪咪满意地笑了。

"我们一定能过去的，知道吗？我们只需要冷静地从那些石头中间穿过去就行了，很简单。"

怪物那灵活有力的手指轻轻握住了咪咪小小的手掌。

"好嘞，我们走吧。"咪咪宽慰地低声说着，拉着格拉的手往前走去。

怪物有些迟疑，但仍然跟着咪咪踏入了黑暗洞穴的入口。她们打量了周围那些石头。守门者站在洞穴另一头的出口外面，咪咪想起它说的话，这个洞穴里也有什么可怕的东西吗？咪咪抿紧了嘴唇，决定不去想这件事。

"来吧，毛茸茸的家伙。"咪咪低声对怪物说道，"什么也不要怕，跟在我旁边就好。"

　　她们手拉着手走进洞穴里，万分小心又有些犹豫。洞顶很低，格拉几乎都能贴到顶部。周围一片安静，一点回声也没有，这有些不寻常。墙壁都远在看不见的地方，但洞顶覆盖着一层柔软的深绿色苔藓能清晰可见。咪咪和格拉在石头堆中间曲折前进着，缓慢而谨慎。

　　咪咪悄悄说道："什么危险也没有，看见了吗？"

　　格拉咕哝了一声作为回答。它那巨大的身躯紧张得有些僵硬，它迟疑地环顾着四周。

　　"真是奇怪，地底下竟然有满是石头的洞穴。"咪咪想着，伸手摸了摸经过的一块大石头。触感有些粗糙又有些柔软，它在咪咪手下微微移动。虽然那移动很难察觉，或者更准确地说，那只是颤动，却很明显。咪咪惊叫一声，触电般缩回了手。

格拉停下脚步，忽闪忽闪的大眼睛看向咪咪。

"它动了。"咪咪害怕地小声说道。

格拉盯着咪咪。它那黄色的眼睛看看黑暗的洞穴。没有看见或者听见什么异常。

"可能是我弄错了。我们继续前进吧。"咪咪低声说。

怪物什么也没说。

突然，洞穴稍远处传来刺耳的声音。咪咪呼吸一滞，怪物的头迅速转向声音那边。大厅另一头的边缘处，一个巨大的圆石块摇晃了起来。

"它怎么能移动？那可是石头。"咪咪低声说道。

"现在动作快一点，但是不要跑！"守门者在远处喊道。

格拉缓慢地弯下腰来把咪咪抱进怀里。咪咪紧紧贴住怪物那柔软的皮毛，害怕地闭上了眼睛。刺耳声越来

越响，同时从四面八方传来。这怎么可能？咪咪睁开了眼睛。整个洞穴像是在晃动，看起来石头好像还加快了速度。

咪咪感受到怪物的心脏在它的胸膛里怦怦地跳动。格拉在那些晃来晃去的石头间缓慢小心地走着。

"如果那些石头全都动起来，我们就要被压成肉泥。我们赶紧离开这里，快快地走。"咪咪请求道。

格拉点了点头。它在害怕。咪咪感受到了它巨大的身躯在发抖。

"不过要保持平静，特别平静。"咪咪低声说道。

突然，她们面前的一块巨石也滚动起来。格拉大叫一声，往后跳了一步。这是迫不得已的事情，不然他们就会被石头压扁。不幸的是，格拉撞到了身后那个摇晃的石头，差点儿摔倒了。咪咪两手紧紧揪住怪物毛茸茸的皮毛，才不至于掉下去。格拉又跳到旁边去，但丝毫不起作用。整个洞穴没有一个消停的地方，所有的石头都在摇晃着发出刺耳的声音。格拉发出焦虑的咕噜声，又跳了一次，然后又跳一次。这时，咪咪突然意识到，怪物不再是用跳跃来躲避石头，而是在奔跑，在洞穴里没有方向地从这里跑到那里。

"快停下，你这傻子！你不是答应我不跑的吗？"咪咪喊道，但是惊恐万分的怪物很难停下来。它的心脏跳得如战鼓一般。突然它尖叫一声，飞快四下张望，然后朝着她们出发的方向跑了回去。

"方向错了！听到没有！"咪咪一边喊一边扯着怪物的皮毛。

但是怪物没有听到，或者是不想听到。她们身后的大厅里满是刺耳的石头碰撞声。咪咪越过怪物的肩头，看向后面那哗啦作响的洞穴，忽然看到里面到处都是绿色的什么东西，像是一眨一眨的灯光。那些大石块都长着眼睛！它们长着绿色的、发光的眼睛，睁开又闭上。咪咪不可置信地摇了摇头。正在这时，格拉膝盖着地摔倒了。它大口喘着粗气，心脏疯狂地跳动着，但它的手臂仍然紧紧地护在咪咪周围。她们终于跑出了洞穴。

咪咪回过头看向黑暗的洞穴。那些绿色的眼睛消失了，移动的石块慢慢停了下来，刺耳的撞击声也逐渐变小。几秒钟后，石块都静止不动，刺耳声也完全平息。整个大厅和之前不太一样，因为石块都变换了位置。

"你们为什么又跑起来了？不可以跑！"洞穴那边传来守门者愤怒狂躁的声音。

咪咪看向格拉，它放开咪咪，笨拙地站了起来。显然，它救了咪咪的性命。谁在那样的情况下还能坚持不跑？守门者可能也看到洞穴里发生了什么。

"现在你们只有一个大厅可以走了！"守门者用责备的语气继续数落她们。

"这个我们知道。"咪咪回答。

"你现在真的得告诉怪物，里面禁止奔跑。"守门者烦躁地喊道，"怪物现在必须牢记这句话。"

怪物的眼睛看向咪咪。

咪咪叹了一口气，"你听我说，我也一点儿都不想去最后一个洞穴里，可是我们已经别无选择了。所以必须记住：不管那儿发生了什么，我们都不可以跑。懂吗？"

怪物面无表情地盯着咪咪一小会儿，然后转身看向第三个大厅的入口。

"你懂了吗？吱个声儿，或者点头也行。"咪咪请求道。

怪物点点头。

"那好，我们这就出发吧。"

怪物再次点了点头。

"很好，那我们走吧，跟着我。"

格拉发出低低的咕噜声，像只巨大的猫咪。它挠了挠自己，像是想让自己柔软的皮毛更加蓬松一点似的。然后，它抓住咪咪的小手，下定决心般地，朝着最后一个洞穴走去。

第十五章　墙上的光

　　怪物站在第三个洞穴的入口前，面无表情地盯着里面的黑暗。咪咪从它身后探头看了一眼。洞穴很宽也很矮，更准确地说，这不是个洞穴，而是个地下池塘。深黑色的池水纹丝不动，从入口一直浸延到洞穴的全部边缘。水是深是浅？里面有鱼还是其他什么东西？这会儿还是别去想它比较好。

　　平整的大石块露出水面，组成一条条小路，在整个洞穴里纵横交错。大部分小路的尽头都消失在黑暗的边缘，只有一条，直直地连接着洞穴的入口和出口。守门者的身影立在洞穴的出口，它披着长发、像个大虫子一般，仅仅从姿势就能看出，它这会儿万分焦虑。

　　"你看，我们从这儿过去很容易的。"咪咪鼓励怪物道。作为回应，怪物发出哼哼声并环顾了洞穴四周。也许它可以看到咪咪看不见的事物。不知道为什么，格拉突然不再害怕了。它弯下腰贴近入口，像是为了听清什么动静。它似乎在一瞬间，变得很想踏进这第三个洞穴。

"你听见什么了吗？"咪咪问道。

格拉转身面向咪咪，发出奇怪的哼哼声。

"你想说什么，格拉？"咪咪又问道。

怪物伸出毛茸茸的手臂，把咪咪举起来靠近自己怀里。

咪咪把脸紧紧贴在怪物的胸膛上，她听见了它那平

静而安稳的心跳声："怦——怦，怦——怦。"也许一切会进展得很顺利吧。

格拉小心翼翼地踏上第一块石头。石头平稳而坚硬，纹丝不动。它接着踏上第二块石头，依旧纹丝不动。她们就这样缓慢而谨慎地前进着，走过一块又一块石头。微弱的光线从明亮的入口和出口透进来，形成一条光的轨迹。她们正好沿着这条轨迹前进。

突然，格拉发出哼哼声，停下了脚步。它偏了偏脑袋，看向洞穴昏暗的侧面墙壁，仔细听着动静。

"发生了什么吗？"咪咪低声问道，也看向了那边。黑暗中隐约有细微的光亮在快速地来回移动，像在挥舞一般。它一直都在那儿吗？咪咪咽了一口唾沫，告诫自己千万不能慌乱。

"我们继续前进吧。"咪咪低声对怪物说道。

"你们怎么停下了？不要停下来！"守门者在远处喊着。

突然，墙壁里的光亮一分为二，变成两个亮点。

"那是什么？是危险的东西吗？"咪咪小声问道。

格拉动了动，发出咕噜咕噜的声音，这声音里更多的是好奇，而不是害怕。它想要踏上通向那两个亮点的石头小路。

"你真的很想到那边去吗？"咪咪低声问它。

怪物那忽闪忽闪的眼睛看向咪咪，笨拙地点了点头。

"但这是最后一个洞穴了，记得吗？如果我们不能走到对面，大概就只能往回走了。但我也不知道，我们要怎样回到那个水池洞穴的顶部。"咪咪说道。

怪物不安地发出微弱的吱吱声。

"再说了，要是我们不马上到守门者那边去，它会火冒三丈的。"咪咪接着说道。

怪物盯着咪咪的眼睛，什么都不说。这光亮对怪物来说肯定很重要，咪咪当然明白。

"那就去一下下吧，你这毛绒脑袋！我们飞快地过去，然后立马回来，好吗？"

怪物发出高兴的咕噜声。

咪咪转身看向黑暗。通往侧面的石头小路看起来很清晰，直到消失在几米远的黑暗之中。格拉伸出厚重的脚掌，试了试这条小路的第一块石头，很平稳。

"你们为什么要转弯?"远处传来守门者担忧的喊叫声。

"就一会儿!我们快快地去那边一趟,不会很久的。"咪咪在怪物的怀里喊道。

"不行,绝对不可以!立马停下来,这是最后一个洞穴了,你们明白吗?"守门者激动地大喊,似乎下一刻它就要踏着石头小路过来,亲自把咪咪和格拉拽过去了。

格拉对此毫不在意,只是继续小心翼翼地踏着一块又一块石头前进。咪咪把脸埋进格拉那卷曲的毛发里,倾听着它平稳的心跳声。真奇怪呀,格拉似乎充满兴趣。不管黑暗里到底有什么东西,咪咪只要知道格拉想去那边,就够了。

守门者离她们越来越远。咪咪和格拉走向越来越浓稠的黑暗深处。

闪烁的亮点倒映在黑色的池水中。咪咪看向那静止的水面,一瞬间,她似乎看到有什么浅色的东西在水底深处移动。她眨了眨眼睛,再次看向水面时,那水又和之前一样漆黑一片,什么也没有。

终于,她们沿着石头小路,走到洞穴的石壁旁边。"呼——"咪咪长舒一口气。

光亮依旧闪烁着,在墙壁里面。

格拉小心翼翼地把咪咪放在旁边的石块上,弯腰凑近那光亮,仔细查看。怪物把手放在光亮上方,像是在触摸一般，并轻轻地咕噜着。然后它紧握手掌，用拳头砸向墙壁，顿时传来"噼里啪啦"的石块碎裂声。格拉再次举起拳头，又一次砸向墙壁。

"格拉，你到底在做什么？"咪咪大叫道，"赶快停下来！"

但格拉没有停下，它又砸了一次，细碎的小石块纷纷落入深色水中。

"你给我听着，"咪咪吼道，"你是不是傻了？为什么要搞破坏？"

格拉低声哼着，再次弯腰看向墙壁。光亮并没有被砸坏，反而比之前更亮了。因为格拉砸碎的只是光亮外层坚硬的岩石。现在光亮的外面，只剩下泥土和一层薄薄的树根。光亮似乎也在努力从墙壁里面往外钻，不屈不挠。它们像小铲子一样，不停地将前方的泥土挖开推走。

"那是个什么动物吗？"咪咪低声问道。

格拉伸出长长的手指，在光亮周边抠着泥土，把那些坚韧的树根拨到两边。突然之间，光亮从泥土里冲了出来，洞口也在继续扩大。

"格拉，是谁在那边？"咪咪担心地问道，"我害怕，我们能不能在它过来之前赶紧离开这里？"

有新的碎裂声传来，一块巨大的泥块从墙上掉下来，"扑通"一声掉进水里，水花四溅。而洞穴的岩壁上，有一个巨大的甬道打开了，大到足以让咪咪轻轻松松穿过去。不过甬道里已经有一个人了。发出微弱光线的手指头照亮了那人满是泥土、目瞪口呆的脸庞。发光的手指？那两个闪烁的光亮，原来是两根发着光的手指头。

"海莉！"咪咪诧异极了，"你在墙里面做什么？"

海莉那全是泥点的脸皱起，满是愤怒。

"咪咪，我就知道会在这里找到你！我特别特别生气！"海莉吼道。

第十六章　走出第三个洞穴

"你为什么生气？"咪咪惊讶地问。

"还不是因为你这个愚蠢的妹妹！我挖得昏天黑地，才找到你。指甲里的泥土可能永远都弄不掉了。你看我的手指！恐怕一整个夏天都得戴着手套了！"海莉一边控诉，一边挥了挥自己那发光的手指头。

"你碰了墙上的那些亮点！"咪咪大笑起来，"疼不疼？"

"你怎么知道这些？你知道，却不提醒我！"海莉责备道。

"我哪会想到你到这里来了呢。"咪咪耐心地回答，"再说啦，要是你没有发光的手指头，我们就不能发现你在墙壁里了。"

"呵，是吗？"海莉没好气地把甬道出口的泥土和石块扒开。

"需要帮忙吗？"咪咪问道。

"不用。"海莉回答。

"你到底是怎么找到这里来的？"咪咪很好奇。

"我一路跟着那些蚂蚁来的。"海莉不以为然地说。

"蚂蚁？"咪咪重复道。

"对，就是那些家伙。"

海莉用手指照向岩石墙壁，那儿有两支忙碌的蚂蚁队伍，朝着相反的方向跑去，就像一辆辆极小的汽车，行驶在各自的车道上。

"哇，它们是从地面爬进来的吗？"咪咪对此很感兴趣。

"它们肯定是跟着你过来的。"海莉说道，"我是从瓶子山那儿开始，跟踪它们直接到这儿来的。"

"但它们这会儿倒无视我了。可能这里太黑，它们还没发现我吧。"咪咪看着那些消失在黑暗中的蚂蚁说。

海莉转了转眼珠，说道："哎呀，都差不多！好了，让开一点。"

海莉说着就爬到甬道出口处，往下跳。幸好格拉手疾眼快地在最后关头接住海莉，不然她就"扑通"一声直接跳进深色的水里了。

"天哪！"海莉劫后余生般地长舒一口气，紧紧地抓住怪物的手臂。

"在这里，要万事小心才行。"咪咪提醒她。

海莉环顾四周，"这是什么地方？"

"其实我也不知道。"咪咪回答，"但是这里可能会有危险的东西。我们得在发生什么事情之前，赶到守门者那边去。"

"什么危险？"海莉追问道。

咪咪耸了耸肩，"这个没办法预测，但总是会有突发事件。"

"真是奇怪。"海莉说道。

"确实是这样。"咪咪点了点头。

怪物把海莉从怀里放到石头上。海莉看向怪物说道："它的皮毛和之前不太一样，好软啊。你给它梳了毛吗？"

咪咪摇了摇头，露出担忧的神情。"不是的，它掉进了水里，身上的怪物尘都被洗掉了。它可能再也没办法隐身了。"

"是吗？它会一直保持这个样子吗？"海莉问道，"倒也挺方便，这样就不会弄得到处都是灰尘。"

格拉低声咕哝着。

咪咪同情地看着格拉，说道："也许等它回家了就好了。我想，它可能只是得去土堆里，或发霉蘑菇之类的东西里好好打几个滚。"

"但愿它的家里有土堆和发霉的蘑菇。"

"肯定有。"

"好啦，那我们走吧。"

"去哪儿？"

"当然是回家。"海莉回答说，"很简单的，只要我们跟着往另一个方向走的蚂蚁队伍就行了。跟我来！"

咪咪吃惊地看着海莉，"我现在还不能回家，我要去格拉家做客，知道吗？我还在去的路上呢。"

"开什么玩笑！我就是来带你回家的，你当然得跟我回去。"海莉恼怒地说道。

"我要等去过格拉的家再回去。我也没让你来接我啊。"

"不行，你现在就跟我回去！所有人都觉得你得立马回家。你跑到这里来，这件事本身就够愚蠢的！"海莉吼道。

"是吗？要是这事情这么愚蠢，你为什么也来了？你应该待在家里才对。"咪咪说着，牵住了怪物的手，"跟我来，格拉，我们走。"

"你这笨蛋！"海莉大叫道，"我不能把你一个人丢在这里，你自己都说了，这儿有一些危险的东西。"

"确实有，但是我不是一个人在这里，还有格拉和守门者陪着我。"

"守门者是什么？"海莉问道。

"这解释起来有点困难。"咪咪答道，"或许你可以跟着我去看看，如果你能更礼貌一点的话。"

"我已经足够礼貌了！"海莉吼道。

咪咪审视了海莉一番，"对了，浴袍说过，我会遇到一个帮手，她可能会被困住，可能会迷路，或者发生其他类似的事情。那肯定就是你吧。"

"我才不是什么帮手，我也从来没被困在任何地方！"海莉怒气冲冲地大喊大叫。

咪咪看着怪物问道："格拉，海莉能不能跟我们一起去你家？我会请求她礼貌一点的。我不想把她一个人丢在这里，这儿可能会有各种可怕的东西，你也知道，对吗？"

怪物点了点头。

"什么可怕的东西？"海莉问道。

"我已经告诉过你，这个没办法预测呀。"咪咪耐心地回答。

"离怪物的家还有很远的路吗？"海莉又问。

"不太清楚。哦，对了，还有一件事情要告诉你：这里不允许奔跑。"咪咪说道。

"为什么？"海莉不解。

"我不知道。但如果跑的话，总是会发生一些恐怖的事情。"

"比如说什么事情？"海莉刨根问底，"还有，怪物这是怎么了？"

格拉开始发出低低的吼声。那低沉而又警觉的吼声是从它胸腔深处传出来的。怪物那黄色的眼睛四下环顾着。

"怎么了？"咪咪担心地低声问道。

怪物抓紧了咪咪的手，它想要离开这里。

"我们走，海莉，快跟上。"咪咪说道。

"那个水怎么在动？"海莉问道。

石块旁边的水面泛起阵阵涟漪，像是被微风吹过一般。

"格拉，水里有东西。"咪咪悄声说道。

格拉看向波动的水面，咪咪感到它的手心突然开始冒汗。怪物更用力地握紧了咪咪的手。

"这儿到底怎么了？"海莉问道。

"我们走吧。海莉，把手给格拉。现在得赶紧走。"咪咪急切地说道。

怪物把手伸向海莉，她勉为其难地握住了。海莉不习惯跟怪物手拉着手一起走路。

远处传来守门者担忧的喊声："小云雀，你在听吗？我听见了一些奇怪的声音，有什么事情发生了。你们得快一点！"

"我们现在就过去！"咪咪喊道。

"谁在那儿？"海莉问道。

"当然是守门者了！快走吧。"咪咪催促道。

她们开始前进。咪咪走在最前面，然后是格拉，最后是海莉。

水面轻轻地颤动着。

"水里是有什么鱼吗?"海莉问。

"大概不是。"咪咪答道。

一步,一步,又一步。她们踏过一块又一块石头,离守门者和明亮的出口越来越近。水面晃动得越来越厉害了。她们要是能走得再快一点就好了。

突然,身后传来水流四溅的"哗啦"一声,紧接着又是一阵奇怪的喷水声。咪咪转头看向身后。

"海莉,你怎么浑身湿透了?"她惊叫道。

海莉用衣服擦了擦满头满脸的水。"有什么东西往我身上吐口水!"海莉愤愤地说。

"吐口水?呕!谁啊?"咪咪问。

"我不知道。我看见水里有一双圆圆的浅色眼睛,然后突然就冲上来朝我吐口水。"海莉生气地说道。

"是什么东西?"咪咪害怕地问。

"八成是什么恶心的鱼吧。"海莉的怒火还没散去,"但愿我别出现什么过敏症状。"

怪物攥紧了咪咪的手,发出呜呜的声音。

"我们现在马上离开这里。"咪咪说道,"已经快到出口了,只剩下八块石头。"

水面涌起阵阵波浪,水花四溅。她们努力地缩短着与出口的距离。守门者站在明亮的出口处,担忧地盯着她们。

"还剩五块石头。"咪咪紧紧握住身后怪物那满是汗水的手。

突然，格拉踉跄了一下，差点儿摔倒。咪咪飞快地转身往后看去。

"嗯？为什么海莉在你的怀里？"她问道。

海莉双手紧紧抓住格拉的毛发，她看起来怕得要命。

"我又看到那双眼睛了，准确地说，是三双。它们不是鱼，而是……"

"是什么？"咪咪问。

"我也不知道。快走，快走。快跑！"海莉催促道。

"不可以跑。"咪咪担心地说，"我们快快地走。还有五步。"

咪咪踏上第五块石头，然后是第四块、第三块。守门者站在出口的中间，紧紧地闭上了眼睛。

"守门者，快睁开眼睛把路让一下。"咪咪请求道。

守门者睁开双眼，片刻间似乎松了一口气。但紧接着，它那双黑色的小眼睛紧紧盯着水面，因为恐惧而瞪得圆圆的。咪咪顺着守门者的视线看过去。她吓得大声尖叫。海莉也尖叫一声，比咪咪的声音还要大得多。突然间，咪咪发现自己的腿不听使唤了：它们开始奔跑起来。咪咪无法使它们停下来，实际上她也不想停下，因为她看到了深色水中那浅色的恐怖生物。那既不是鱼，也不是女孩，而是介于两者之间的生物。它浮在水面上，灵活地摆动着窄窄的双腿移动着，腿下面不是脚，而是鱼鳍。它的手是灰色皮革一样的蹼，蹼上锋利的指甲泛着光。那生物用圆圆的眼睛盯着咪咪，小小的嘴巴扯出邪恶的微笑。

咪咪不顾一切地跑了起来，格拉只好跟着跑。美人鱼开始在水下大笑。它把带锋利指甲的手蹼伸出水面，想要抓住怪物的后颈，但是没有得逞。美人鱼潜入水底，快速地翻了个跟斗，来到下一块石头旁边。格拉赶在美人鱼伸手拍过来之前离开了那块石头。美人鱼的手蹼重重地拍向石块，然后往下压。慢慢地，石头投降了，被压得越来越低，直到最后消失在水底。美人鱼大笑着潜入水底不见了，但一秒钟后它又在下一块石头旁冒出水面。同样的生物在洞穴的各个角落冒出水面，一个接一个地把那些石块压进水底。

咪咪并没有看见这些，她踏着最后一块石头跳到了守门者旁边。她的手从怪物手中脱离，摔倒在地。

"你安全了！"守门者激动地喊道。

"格拉和海莉呢？"咪咪转头看向身后。

只见怪物抱着海莉惊恐地站在倒数第二块石头上，它呆呆地盯着自己毛茸茸的腿。它站着的那块石头正在缓慢地沉入黑色的水中。

"快跳，你这笨蛋怪物，跳！"海莉叫道。

水中浅色的美人鱼大笑着伸出手蹼想要抓住怪物的脚踝。

“快跳，格拉！”咪咪使劲喊道。就在这时，怪物跳了起来。水花四溅，怪物抱着海莉越过最后一块石头，重重地落在咪咪身旁。

“格拉，你刚刚为什么要停在那里？”咪咪叫着，飞奔过去抱住怪物。还在怪物怀里的海莉像汉堡包里的牛肉一样，被夹在她们中间，但感觉还不错，尽管她是最受不了拥抱的人。海莉从安全的怀抱中探出头来，越过怪物的肩头，不可置信地看向洞穴。那些石块都不见了。整个洞穴里只剩下波浪翻涌的黑水。到处都有白色鱼鳍或者手蹼冒出来，美人鱼们不时从水面探出，窥视着她们，发出“嗞嗞”的怪异笑声。

“这叫我们怎么回家？”海莉问。

“或许下次经过的时候，这些洞穴的守门者会客气一点。”守门者答道。

“石头说不定也会重新冒出来。”咪咪说道，她的脸还埋在格拉蓬松的毛发里。

“咪咪。”海莉叫她。

咪咪抬起头来看向海莉，“怎么了？”

“你之前说，这里可能会有一些危险的东西，所以你说的就是那些吗？”海莉朝洞穴那边努了努嘴。

“当然。”咪咪答道，“守门者说，这里有可能发生任何疯狂的事情，至于进展如何……"

"这里不是只有我们。"守门者沉重地说。

"对，是的。"咪咪点点头。

海莉什么也没有说。她的脸色看起来特别苍白。

守门者看了看海莉，问道："你们从洞穴里找到的这个女孩是谁？"

"当然是我的姐姐海莉。"咪咪说道，"海莉，这位是守门者，它知道路线以及其他类似的事情。"

"姐姐。"守门者敬重地重复了一遍，然后鞠了一躬。

"你好。"海莉笨拙地鞠了一躬作为回应。

"姐姐是怎么从地上来的？"守门者问道。

"呃，我就是用铲子挖土过来的。"海莉回答。

"用铲子吗？"守门者重复了一遍。海莉觉得，它并不相信自己说的话。然后，这个绿色的家伙耸了耸肩，接着说道："行吧。不过，我有个好消息要告诉你们。"

"嗯？"咪咪从格拉的毛发中抬起头来。

"我用脚感知到了怪物群的动静。我们就要到达目的地了，很快就能离开这个恐怖的地层了。"

"你听到了吗，格拉？我们很快就能到你们的家了！"咪咪欢呼道。

格拉发出低低的咕噜声。

"等一下，口袋里有东西过来了。"咪咪说道。

浴袍的口袋晃动着，就像是有个小动物，在里面寻找舒服的姿势，准备睡觉一样。

"又是从浴室传过来的扁扁的食物吗?"守门者好奇地问。

咪咪摸了摸口袋，"对的，是黄油面包。海莉，你先吃第一块吧，你挖了那么久的土，肯定饿了。"

海莉转身背对着黑暗洞穴里哗啦作响的黑水，从咪咪手上接过黄油面包。她把保鲜膜撕下来，咬了一大口，感觉立马好多了。黄油面包的味道让人觉得安全和平静。她就地坐下，闭上了眼睛。

"很好，很好。"守门者喃喃说着，在海莉身边坐下来，"我们先吃东西，吃完就动身。"

第十七章　照片及其他物品的传送

　　柯比把笔放进红色浴袍的口袋里，等待着，直到它慢慢晃动着消失了。下一步，他往口袋里塞了一个小小的线圈本。线圈本并不是空白的，他在第一页上写道："海莉，你在那儿吗？拍几张照片过来，相机马上就到。"

　　柯比耐心等着，直到线圈本在口袋底部消失。然后，他把一个小小的相机塞进口袋里，那是妈妈新买的。

　　"传过去了吗？"妈妈焦躁地问。

　　"还没有，它可能太大了。"柯比答道，"等下，现在过去了。"

　　妈妈满意地点点头，说道："那是我能找到的最小的相机了。现在把第二块面包传过去吧。"

　　柯比接过妈妈用保鲜膜包好的黑麦黄油面包，塞进了口袋。

"还有这第三块。"妈妈说着，又把一块面包递过去。

"等一会儿吧，传送速度没有那么快。"柯比咕哝着。

妈妈等待着，直到刚刚那块面包不见了。

"现在给我吧。"柯比说道。

妈妈把第三块面包和一小瓶水递过去。

"把面包和水传过去后就传送巧克力。还得再送点水过去。"妈妈说道。

"我们稍微停一会儿吧。"柯比说道。

"为什么？"妈妈问。

"如果口袋里一直有东西往那边传送的话，咪咪就没办法回答了。但我们很想尽快知道，海莉是不是跟咪咪在一起，对吗？"柯比回答说。

妈妈勉为其难地点点头。

柯比打开红色浴袍的口袋往里面看了看。

"嗯，瓶子也不见了。现在就让我们等等看，有没有什么回复吧。"柯比对妈妈说。

"要等多久？"妈妈问。

柯比耸了耸肩，"看情况吧。"

他们等啊等，等啊等。

"海莉可能没有跟咪咪在一起。"妈妈说，"海莉反应很快的，如果她在的话应该已经有回应了。"

"这倒未必。海莉可能都不会意识到，要把笔记本打开。咪咪会的。"柯比回答。

"是吗？"妈妈问。

"但是咪咪会先吃东西，吃完才会去查看别的东西。所以不应该一直送面包过去。"

妈妈特别惊讶，"你是怎么知道这些的？"

"因为我和海莉还有咪咪一起生活了很多年啊。"柯比回答说。

妈妈点了点头，没再说话。他们继续等啊等。

"吃完两块面包大概要多久？"妈妈又问。

"这得看是谁。海莉吃得快，咪咪吃得慢。"

口袋突然动了动。

"快看看。"妈妈低声说。

柯比把手塞进口袋里摸了摸。

"咳，只有垃圾。"柯比很失望。

"那不只是垃圾，它是一团保鲜膜。这意味着咪咪还没吃饱，我们得再送点面包过去。"妈妈说。

"看，口袋又晃动了。这次的东西大一点。"柯比说。

"是什么东西？"妈妈兴奋地问。

"空的瓶子。"

"水也喝完了。我现在去厨房里装水。"妈妈说着，一把从柯比手里抢过空瓶子。

妈妈朝厨房跑去，口袋仍然动个不停。它变得鼓鼓囊囊的，不停地上下蹿动，像是有个小动物要从里面爬出来似的。

柯比万分小心地把口袋打开一条缝。"妈妈，你快来看！"

"怎么了？"妈妈在厨房大声问道。

"快来！"柯比喊道。

妈妈快速跑到浴室门口，手里拿着瓶子。"那边有什么传过来了？"她问道。

柯比把手塞进口袋里，往外拉着什么东西。

"它在里面卡得很紧，是相机。咪咪把它放反了，我拿不出来。"

"再用力一点！"妈妈鼓励道。

柯比继续用力，相机终于被拽出来了。

妈妈把水和巧克力递给柯比，"很好，现在把这些放到口袋里。"

"面包呢？"柯比问。

"在这儿！那还是先把面包送过去吧，那边有饥饿的孩子在等着呢！"

"可能还是两个饥饿的孩子。"柯比说着，把食物一个接一个地塞进红色浴袍的口袋里。然后，他把浴袍放到浴室的地上，拿起了相机。"现在让我们看看照片吧。"他"咔嗒"一声打开相机。

"很好，就是这样。"妈妈在柯比旁边的地上坐下来。

"只有六张照片。"柯比说着，快速把照片翻到第

一张。

"让我看看。"妈妈催促道。

"这是第一张。"柯比说。

他们盯着相机屏幕。

"这是什么？是根烤香肠吗？"妈妈问。

"可能是脚指头吧。照片很模糊，看不清楚。可能那儿的光线太弱了。"

"谁的脚指头？有没有可能是海莉的？"妈妈问道，把脸凑到相机上。

"所有人的脚指头不都差不多嘛。"柯比说道，"看下一张吧。"

妈妈点点头。

可惜的是，下一张照片依旧很模糊，甚至连脚指头都看不清。只是黑乎乎的一片昏暗。

"嗯？这是一堵墙吗？为什么这些照片都这么模糊？"妈妈疑惑道。

"咪咪不太会用相机。而且如果海莉在的话，她们会因为由谁来拍照这件事争吵。这个时候相机就会晃动。"柯比解释道。

"海莉和咪咪应该不会为这种事吵架的吧？"妈妈脱口而出。

"这你就不知道了。"柯比说着，切换到下一张照片，

"哇，这张很清楚！"

"海莉也在！"妈妈大声说道，"咪咪看起来也平安无事，谢天谢地！咪咪肩膀上那个，肯定是怪物的手，你说呢？等等，我的天哪，那是什么？"

妈妈指着咪咪和海莉身旁那个头发乱糟糟的绿色家伙问道。

那家伙弯着腰凑近相机这边，似乎是想仔细研究一番。它半眯着黑漆漆的小眼睛，不可置信地直视着相机。

"可能是那儿的原住民吧。"柯比迟疑地猜测说。

"我以为那儿只住着怪物们。"妈妈说道。

"那儿到底住着谁我们就不知道了。"柯比答道。

"当然不知道。但它不像人类，也不是怪物。"妈妈弯腰凑过来，脸离屏幕特别近，"我觉得它的眼神挺凶的，你觉得呢？头发打了很多结。假如它是什么危险的家伙怎么办？"

"要是它很危险的话，海莉和咪咪大概不会跟它一起拍照吧。"柯比若有所思地答道。

柯比把照片切换到下一张。画面和刚刚那张差不多，但镜头歪了，而且也模糊了。头发打结的绿色脸庞凑得更近了，海莉和咪咪在大口吃着面包。

"好吧。"妈妈说道。

"现在到第五张了。"柯比说着，按下标着前进箭头的按钮。

"这是什么？"妈妈问道。

"有没有可能是怪物的肚子，离得很近拍的。"柯比猜道，"相机肯定又晃动了。"

"第六张照片呢？"妈妈问道。

"让我们看看。"

"咔嗒"。

"这张照片拍得非常好，能看到周围的一些情况。"妈妈认可地说道，柯比也点头表示同意。

"应该是一个很大的洞穴。有浅色的石头，没有植物。还挺亮的，对吗？光从哪儿来的，那顶上也没有洞呀。"

"看，咪咪身后是一条走廊。"柯比说道。

"那儿会很容易迷路吗？"妈妈担心道。

"不大可能，毕竟海莉那么快就找到了咪咪。"柯比说出自己的想法。

妈妈点了点头，她仔细凑近了照片。咪咪蓬头垢面地站在中间，身上穿着浴袍，她看向大笑的海莉。海莉面对着相机做了个鬼脸，一如既往。咪咪的旁边是那个不认识的家伙，它严肃地盯着相机。

"你说的或许有道理，但我觉得那个眼神不是很友好。"妈妈咕哝道。

"它可能只是从来没见过相机。"柯比答道。

"下一张吧。"妈妈说道。

"没有啦。一共只有六张。"柯比回道。

"我们要不要把相机再塞回去，她们或许会拍更多的照片。"妈妈建议道。

柯比点点头，这是个好主意。

"我们也拍张照片发到地底下吧。"柯比建议道，"礼尚往来！"

"说得没错！"妈妈高兴地说。

他们并排坐在一起，柯比尽可能地把相机举得远一点。"咔嗒！"

"让我看看，拍得怎么样？"妈妈请求道。

柯比把相机的屏幕转向妈妈。照片中，两个面色苍白的家伙坐在浴室的瓷砖地面上，不知所措地盯着镜头。

头发乱糟糟的，姿势看起来也很笨拙。他们的身后，脏衣服从洗衣篮里溢出来，横七竖八地缠在一起，一直延伸到浴室的角落。毛巾布的红色浴袍被随意地摊在地上，像个垃圾袋子。

"我的妈呀。"妈妈大呼一声。

"怎么了？"柯比问。

"我在想，那绿色的家伙看到照片后，会有什么反应。"

"肯定会害怕吧。"柯比做了个鬼脸。

妈妈担忧地看着柯比，"它可能真的会被吓一跳。我们看起来真的太可怕了。重新拍一张吧。我把浴室稍微收拾收拾，你去梳梳头发，理一理你的衣服。我的梳子哪儿去了？"

柯比不可置信地看着妈妈，她正手忙脚乱地收拾着，把那些脏衣服和毛巾都藏到洗衣机后面。突然，妈妈停住了动作。

"我在想，要不要叫上你爸爸一起拍？我们是不是可以在客厅拍照，那里更整洁一些，光线也更好。柯比，你在做什么？你不会就这样……"

"猜得没错。"柯比说着，把相机塞进红色浴袍的口袋里。

"柯比，不要把那张照片传过去！立马停下！"

"已经传过去了。"柯比得意道。

他说的不全是真的。相机还在口袋底部晃动，但是，一秒、两秒、三秒、四秒过去后，相机已经不见了。

"柯比！"妈妈震惊地喊道，"你为什么要那样做？这一点都不像你的风格！"

"但现在没有办法啦！"柯比说着，做了一个大大的鬼脸。

第十八章　怪物路线

"你去跟它说，叫它赶紧把相机还回来。"海莉悄声说道。

"守门者，你现在可以把相机还给我了吗？听话！"咪咪把手伸向它，耐心地请求着。

"再等一下，小云雀。"守门者喃喃说道，"我这样理解对吗？这个机器可以抓住时间，然后放进它里面的小盒子里，就像对待犯人一样。"

守门者双手抓着相机举到自己眼前，像是害怕它逃走一样。

"呃，可能吧。"咪咪无奈道。

"呵，怎么可能！"海莉插嘴道，"那就是个相机，用来拍照片的。要是乐意的话，我们可以随时查看那些照片。但那仅仅是照片而已，明白吗？"

守门者若有所思地点了点头。

"你们能不能再说一遍……那个词叫什么来着？"守门者问。

"相——机——"海莉用非常标准的发音回答它。

"不是，不是，另一个词，那个地方。"守门者说。

"浴室吗？"咪咪问道。

"浴室。"守门者重复道，"浴室里会发生什么事情？"

"会发生任何事情，这取决于进去的人是谁。"咪咪说。

"那如果我进去了，会发生什么呢？"守门者问道。

"这我就不知道了。"咪咪惊讶地回答。

"别人怎么能替你知道这事情，你得自己去看看！"海莉不耐烦地说。

守门者诧异地看着海莉。

"我可以去那儿吗？"它问道。

"只要你能从咪咪的浴袍口袋穿过去。"海莉答道。

"但你也不是从口袋里穿过来的啊。"守门者说。它那审视的目光又转向咪咪，"你也不是。"

"不是，我是跟着怪物们过来的。海莉是跟着蚂蚁过来的。"咪咪答道。

守门者点点头，若有所思地说："地下门的数量比我知道的要多，虽然我是一个守门者。"

"你可以在我们回家的时候，跟我们一起去。你只要跟着我们，肯定就能找到新的门。"咪咪友好地说。

"肯定不行的。"海莉说着，对咪咪做了个鬼脸，"或者至少得妈妈同意才行。而且现如今，可能还得征求爸爸同意。"

"爸爸吗？真的假的？得到他的同意会很难吗？"咪咪惊讶地问道。

"非、常、难！"海莉一字一顿地强调。

"我们会从浴室里掉下去吗？"守门者问道。

"当然不会。那儿不会有任何你不乐意的事情发生，除了有时候，喷头最开始出来的水太凉。"海莉回答说。

守门者点了点头。"我想去浴室里看看。"它说道。

海莉翻了个白眼。而咪咪友好地回答它说："你当然可以去了。我们可以通过口袋给妈妈发消息征求同意。不过我们现在是不是可以继续启程了？"

"对，我们接着赶路吧。"守门者说着，把相机递给了咪咪。

"终于消停了！"海莉不满地咕哝道。

咪咪把相机放进浴袍口袋里，看向怪物，它已经在原地踱步好一阵子了。看得出来，它很想继续启程。

"我们走吧，格拉。"咪咪对它说。

新的洞穴起初非常狭窄，似乎仅仅是岩石的缝隙。渐渐地，缝隙越来越宽，顶部也越来越高。走着走着，咪咪突然发现，她们脚下已经不再是岩石，而是泥土、树根和一些窸窣作响的东西，像是干树叶和蓝莓灌木枝。

守门者停了下来，用它的脚敲了敲地面。"我感觉这下面有什么东西。"它咕哝着，用脚来回踩着一小块圆形区域。

咪咪、海莉和怪物都停在了守门者身边。

"它在做什么？"海莉悄声问道。

"它在找门。但是最好不要离它太近。上次它就是这样踩的，然后我们就从特别高的地方，掉进了那个大水池，所以格拉的皮毛才会变成这个样子。"

海莉瞥了一眼怪物，点了点头。

守门者俯身跪在地上，把耳朵贴在地面上。"就是这里。"它满意地说道，然后开始用干瘦的手指扒地上的土。

"那里有什么吗？"咪咪好奇地朝那边挪动了几步。

"我觉得，这里有一道门。新的路线将从这里开始。我们可以离开这个地层了。"守门者回答道。

"怪物们的路线，对吗？"咪咪激动地问道，在守门者旁边蹲下来。

"完全正确，小云雀。"守门者说着，用手臂把挖开的泥土推到两侧，"应该不是什么危险的路线。"

地上出现了一块小小的圆形活板门，像井盖一样。

"可它上面没有门把手。"咪咪说道。

"当然没有。"守门者答道。它从泥土里找到一根粗壮的树根，塞进盖子底部，开始撬动。盖子纹丝不动，树根却"咔嚓"一声折断了。

"石头的臭脚趾！"守门者嘟囔着。

"它在说啥？"海莉低声问咪咪。

"它在骂人。"咪咪悄悄说道。

格拉站在咪咪和海莉身后，不停地发出焦急的咕噜声。

"再安心地等待一会儿。"咪咪安慰它。但是怪物不想等待。它从女孩们中间挤过去，来到活板门旁边，俯下身去。它毫不犹豫地将粗壮的手指塞到活板门下面，然后往上抬。有细微的嘎吱声传来，盖子被打开了。

"哦吼，手指头好有力啊。"海莉佩服道。

咪咪点点头。

但是格拉都没有回头瞥一眼女孩们。它紧紧盯着那个黑洞洞的入口，俯下身去，头也不回地跳进里面。

"格拉，等一等！"咪咪大声叫道。

"我们现在已经离它的家很近了，小云雀。"守门者摇着头说道，"怪物不能违背自己群体的意愿。它必须过去，因为它是群体性生物。"

"格拉才不是什么群体性生物！它会等我，肯定会的！"咪咪大叫道。

"看上去确实是这样的呢。它跳下去，肯定是因为要

在下面等你下去。"海莉嘲讽道。

"肯定就是这样!"咪咪喊道,"不信就等着瞧!"

咪咪走到入口的边缘处,往下看了一眼,摇晃着马尾跳了进去。

"停下,别!"守门者尖叫一声。

海莉冲到入口边缘,用手指头往下照了照。

"呵!早就该猜到!"海莉气恼地嘘了一声。

"如果确信的话,就不用猜。"咪咪在格拉怀里和气地答道。

怪物那黄色的眼睛等待地看着上面。

"你们也下来吧，可以往下跳。格拉肯定可以接住你们的。"咪咪说着，从格拉的怀里爬下来，站在坑的底部，"我就说吧，它在等你们，只是你们不知道而已。"

"哼。你叫怪物别挡着路，我现在就下去。"海莉说道。

海莉先悬着腿坐在入口的边缘，然后跳下去。洞穴不是很深，地上柔软的泥土也起到了减震的作用。海莉抬头看向上面。入口边缘处，守门者的头探了过来。它迟疑地朝下面看了一眼。格拉伸出毛茸茸的手臂，守门者小心翼翼地滑到它的怀里，然后落到地面上。

"我们要把盖子盖上吗？"咪咪问道。

格拉抬起手臂把盖子滑了回来。只听见轻轻的"咔嗒"一声，活板门就关起来了。甬道里突然漆黑一片，她们像掉进麻袋里一样。还好海莉的手指是亮的，它们像两支小小的蜡烛一样，微微闪烁着，带给人一种家的安全感。

"我也想要那样的手指头。"咪咪羡慕地说。

"那你去让它们咬呗。"海莉咕哝着。她用手指头照了照四周。黑漆漆的泥土甬道从这里开始，只往一个方向延伸。在这里肯定不会迷路的。

"掌灯人在前面带路吧？"守门者说道。

"听见了吗，海莉，你可以走在最前面，正好你平时就喜欢做第一名。"咪咪开心地说。

海莉没有理会咪咪。她走到小队伍的最前面，用手指头指向前方。光很微弱，最远只能照亮海莉双脚的位置。光照不到的地方，都暗得像堵厚厚的墙。

"前面的路很难看清，我们走慢一点。"海莉说道。

甬道慢慢变成下坡路，越来越陡，行走也变得困难起来。

"这有点像在走下山的路。怪物们都住在类似地心什么的地方吗？"咪咪问道。

"我觉得，甬道现在是要通往水底下面。"守门者回答说。

"水底？"咪咪害怕地重复道。

"只是一片很小的水域。"守门者不以为然地说，"据我所知，怪物们有自己的小岛。我听说它们就住在那儿。我推测，这个甬道就是通往怪物小岛的。"

"自己的小岛？！我最爱小岛了！"咪咪向往地叫道。

格拉发出满足的咕噜声。

下坡路慢慢变得平缓，甬道再次笔直地向前延伸。

"我们是不是快到了？"咪咪问守门者。

"边走边看情况吧。"守门者答道。

"前面看起来怎么样，海莉？"咪咪问道。

"一片漆黑，不怎么样。"

"我们安心往前走就好。"守门者说。

突然，海莉停了下来。"哦嚯。"她吓了一跳。

"怎么了？"守门者问道。

"前面没路了，只有一面墙，我差点儿撞上去。"海莉惊讶地答道。

海莉用手指照了照四周。真的，甬道在这里结束了。

"这该不会是错误的路线吧？"咪咪问道。

"不会，不可能的。"守门者的语气里充满担心。它把咪咪拉到一边，自己来到海莉身边。它用手对墙又拍又敲。

"感觉到什么了吗？"咪咪问。

守门者摇了摇头。

格拉在她们身后焦躁地踱步，发出低低的哼声。

"这怎么可能呢？"守门者喃喃道。

格拉伸出强壮的手臂，越过咪咪的肩头，像是要把守门者推到旁边一样。守门者往后跳了一步，不满地看着怪物。

"怪物怎么回事？"守门者问道。

咪咪还没来得及回答，格拉就从守门者和咪咪中间挤了过去，来到墙前面。

"我的天哪！"守门者大叫道，但怪物没理它，只是低低地哼哼和咕噜着。它好像在嗅那堵墙。

"它到底怎么回事，为什么要推别人？"海莉恼怒地喊道。

　　"怪物到底还是野生的。"守门者捋着自己的长发披风，不满地说道，但它又立马闭了嘴。因为格拉找到了绳梯，它藏在墙壁表面的土层下，梯子直直地通向上面。怪物把绳梯从墙里拉出来，使劲往下拽了拽，似乎是在试探它够不够结实。自然是够的。怪物那黄黄的眼睛看向咪咪。

　　"你先上！"咪咪激动的声音很急促，"我紧跟在你后面。"

　　怪物用有力的双手稳稳地抓住绳子上端，踏上了梯子最下面的一级。它黄色的眼睛看向上面，开始往上爬。

　　守门者不可置信地摇了摇头。"有时候，怪物们知道一些旁人根本不知道的事情。我觉得，现在我们应该是到达目的地了。小云雀要第二个上去吗？"

　　"当然！"咪咪答道。

第十九章　怪物岛上的居民

海莉从甬道探出头来，环顾四周，像一只躲在洞里朝外偷窥的兔子。她身处蓝绿色的低矮灌木丛间，周围是森林和旷野的气息，空气闻起来有点甜，像是鲜花或水果的味道。高高的空中有小小的亮点闪烁着，像星星一般。昏暗中有各种各样的蛾子飞来飞去。这个地方看起来不像是洞穴，也和海莉去过的任何地方都不一样。

"小云雀的姐姐，我们为什么不往上爬了？我想尽快从梯子上下来。"守门者在下面喊道，海莉这才回过神来。

"稍等。"海莉说着就爬出了甬道，把手递下去。守门者笨拙地爬出来，在海莉旁边的灌木丛中站了起来，开始整理自己的长发披风。

"终于到了！"它满意地长叹一声，朝四周瞄了瞄，

"我的脚从来不对我说谎。瞧瞧这里的天顶多高。"

"我们在地面上吗？"海莉问道。

"不是呢，"守门者答道，"我觉得我们应该是在怪物们的岛上，正是我们在找的地方。不过，小云雀哪儿去了？"

"听声音应该是在那边。"海莉用手指了指树林的方向。那些树木相互缠绕在一起。那边传来"咚咚"的撞击声，怪物的咕噜声，还有咪咪"咯咯"的笑声。

"好吧，我们也去那边看看。"守门者说道。

巨大的、相互缠绕在一起的树木中间，格拉正在地上快活地打滚撒欢儿，把落叶和树根搅得乱糟糟。咪咪在怪物旁边"咯咯"笑个不停。咪咪发现守门者和海莉之后，朝这边喊道："你们快来看！待会儿它的皮毛又会变回灰扑扑的颜色了！"

格拉发出满足的咕噜声，它看起来甚至想在土里游个泳。空气中弥漫着半腐烂的树叶和泥土混合的臭味。

不过守门者关注的不是打滚的怪物，而是它身后的那片森林。"这么快吗？我们已经被发现了。"它说道。

"什么被发现？"海莉把目光从打滚的怪物身上抬起来，突然被吓了一跳。森林里到处都是怪物们那发着幽光的圆眼睛，它们紧紧地盯着这些来访者。

格拉缓缓地站了起来，用它那黄黄的眼睛一一回应

着那些视线。海莉一会儿看向格拉，一会儿看向森林中的那些眼睛。怪物们会不会在生气，怪格拉带着她们一起回来了？不过到目前为止，还什么都没有发生，一切都静悄悄的。

"它们为什么要盯着我们？"咪咪悄悄问道。

"我也不知道，也许它们在等待什么吧。"守门者回答。

"等什么？"海莉问。

森林里传来"沙沙"声，那声音很小、很轻，跟怪物发出的动静不太一样。这声音离她们越来越近。咪咪疑惑地看向守门者，它正眯着那双小小的黑眼睛，看向声音那边。

一个瘦弱的身影，蹒跚着从树林里走了出来。他满脸皱纹，头发乱蓬蓬的。他看起来很老，弯腰佝偻着，靠一根歪歪曲曲的拐杖支撑着行走。他走到森林边缘时，发现了站在树丛里的格拉，高兴地用拐杖敲了敲地面。

"原来你在这里！我都开始担心，你一个人还认不认识回家的路了。你为什么不跟着大队伍走，要自己留在甬道里？你还好吗？"

苍老的声音有些无力和嘶哑。格拉乖巧地咕噜着，作为回应。老人的目光定格在其他几个来访者的身上。

"你把谁带来了，格拉？守门者我记得，但是另外那两个不是人类吗？从地上来的人类？"老人小心翼翼地往前走了几步，眯起那双淡蓝色的眼睛，想要看得更清楚一点。

咪咪礼貌地向他点点头。"是的，我们是从地上来的人类。我叫咪咪，这个是我的姐姐海莉。你是什么呀？"

老人大笑起来，"我吗？我和你一样是人类呀。"

海莉和咪咪惊讶地盯着那个头发花白、面庞棕绿的男人。

"就是普普通通的人吗？"海莉确认道。

"当然了。"老人点了点头，眼神有些闪烁，"现在已经看不出来了吗?"

咪咪和海莉不确定地相互看了一眼。幸好老人没有等待她们的回答,只是自顾自地继续说下去:

"我在地底已经待了很长时间了,肯定会受影响的。我的外表越来越像地底下的生物。这真是神奇的事情,非常神奇!我的皮肤开始变绿,你们发现了吗?我的头发慢慢长得像守门者一样。是不是缺少阳光的缘故?还是因为吃的东西不一样?谁知道呢!"

守门者不满地咂了咂舌头。

"不要误会,我很羡慕守门者的头发!"老人急切地强调,"你们快跟我来吧,最好找一个更安全的地方说话。那些女巫如果知道有更多的人类到这儿来了,一定会不高兴的。"

老人转过身,倚着拐杖艰难地沿着小路往前走去。

"什么女巫?该不会是我们遇到的那三个吧?"海莉悄声问咪咪。

"这里有一些女巫,她们可以给任何人下命令。"咪咪含糊地回答道,"快跟上,不然会在森林里迷路的!"

她们跟在老人身后,先是守门者,然后是海莉,咪咪在最后。怪物们突然间就在森林里消失了,只剩一些朦胧的黑影在树木间晃动。到处都是树枝断裂的声音,还有"咚咚"的脚步声。咪咪不知道格拉去哪里了,肯定在夜色中加入林中的怪物群了吧。

"我猜，你们是顺着怪物回来的那条通道过来的。"老人说道，"你们有没有把那个出口关好？它不会还是敞开着的吧？"

"我用树枝把它盖起来了。"守门者不确定地说，"那应该不是一个官方的通道，对吗？"

"对，它不是官方的。女巫们对它一无所知，所以最好一直保持这个状态。"老人说道。

守门者点点头。小路不断往森林更深处延伸。他们穿过覆盖着厚厚苔藓的巨石，跨过潺潺流淌的小溪，上坡又下坡。森林变得更严密了，树叶的颜色逐渐变成紫色，甚至成了蓝色。小路越来越窄，柔软的树枝形成了一条拱形的长廊。之后，森林突然就结束了，眼前出现一片开阔的平地，平地与森林间横亘着一块被苔藓覆盖的巨大岩石。

平地很空旷，在一侧的边缘处，放着一排用树根编制成的柜子。岩壁上有一个山洞入口，里面晃动着微弱的光。另一侧的边缘处，有一排巨大的土坑，远远望去，里面应该是满满的干树枝和泥土。

"这里就是格拉的家吗？"咪咪羡慕地说。

老人点了点头。"当然是的。怪物们住在这边，我住在那边的山洞里。"

"你和怪物们住在一起吗？"咪咪惊讶得倒抽一口气。

"当然住在一起。"老人回答说，"我住在这里，研究怪物。这件事情我已经做了大半辈子了。"

"你是怪物研究专家吗？"咪咪问道。

"当然是的。"老人答道。

"那些柜子里都有什么呀？"海莉问。

老人把拐杖拄在地上，支撑着自己身体的重量，弯腰看向海莉。

"这是个很有趣的问题。我以前一直以为，那些柜子是怪物们的住所，但是当我了解它们之后，我开始思考，它们需要自己的住所吗？答案是否定的。它们从来都不睡觉，也没有任何的所有物。它们什么时候才需要这些柜子呢？"

"什么时候？"咪咪感兴趣地问。

"什么时候都不需要吗？"海莉猜测道。

"哈哈，当然还是需要的。"老人来了兴致，"这些聪明的生物有时候需要自己静一静，这时它们就会去自己的柜子里待一阵子。我想，这就是住所的意义，它是用来获得独处空间和个人安宁的。"

"哇！"咪咪感叹道。

"所以，格拉肯定随时都想把自己塞进我们家玄关的那个壁橱里。"海莉对咪咪做了个鬼脸。

森林里突然响起沙沙声。怪物们从树林和灌木丛中跳到空地上来，地面"咚咚"作响。格拉在那群怪物中很显眼，因为它的毛发仍然是蓬松的浅色。

"有人用水给它洗了毛发吗？"老人感兴趣地问道。

"呃，差不多。"咪咪答道。

"怪物掉进'多重大厅'的水池里了。"守门者抱歉地说道。

"你们没选简单的路线。"老人说。

"没有，是路选择了我们。"守门者高兴地说。

"而且我们通过了考验！"咪咪说着，对守门者做了个鬼脸。

老人伸出干瘦的手臂，朝格拉挥了挥。"喂，格拉，听得见吗？快去那边洗个澡吧，都给你准备好啦！"

格拉看向白胡子老人，停在原地咕噜了一声，然后慢慢跑向空地的边缘处。格拉在那些土坑边徘徊了一会儿，最后选中了最心仪的那个坑，仰面倒进那些柔软的树叶和泥土中，双手放松地摊开。空气中顿时浮起云一般厚厚的灰尘，土坑里传来舒服的咕噜声。

"很快它就能恢复之前的样子了。"老人满足地笑着，"可以说，怪物对干净的定义与人类恰恰相反。这一点非常奇怪。泥土和灰尘越多的环境，对怪物来说越好。"

海莉暗笑，而老人慈祥地看着那些在空地上活动的怪物们。

"它们是非常可爱、非常特别的生物。它们可以学会任何事情，也可以成为最真诚的朋友。"他说道，"进来吧，我们去里面坐坐。来跟我说说，你们从哪里来的，又为什么要来这里。我那儿有特别滋补的树根汤，你们在地上是没机会喝到的！"

老人的洞穴里看起来一点儿也不像山洞，更像是一个温馨的家。这里有好几个房间。壁炉里有什么东西闪烁着，不是火，而是一些发光的橙色小球球，被罩在玻璃罩里。

"那些是什么呀？"咪咪问道。

"在睡觉的发光虫。"老人回答，"它们是一些很神奇的小东西。它们白天飞出去寻找食物，不发光。傍晚我把玻璃罐子放在门廊上后，它们就飞进去睡觉。它们

睡觉时会忽明忽暗地发光。早上我把玻璃罐再放回门廊，它们就会醒来飞走。我也花了一段时间做过关于它们的笔记，试图弄清楚其中的奥秘，不过我的研究还在进行中。"

"哇哦。"咪咪羡慕地感叹，"它们会咬人吗？"

"不会的。它们只会睡觉，然后闪闪发光。"

"听见了吗海莉，它们不咬人的。"咪咪对海莉强调道。

老人感兴趣地看着海莉，"我注意到了，你应该是被甬道入口的发光蜥蜴咬了。别担心，光会随着时间的推移慢慢淡去的。"

"我才不担心呢。"海莉咕哝着，把手塞进了连帽衫的口袋里。

"去桌子那边坐吧。"老人说着，把她们带到里面的房间。

一张大大的桌子放在房间正中央，桌子的两侧有长长的板凳，灰尘把它们都染成了暗灰色。板凳下的地板上也满是小小的土块。不难猜测，平时都是谁坐在这些板凳上。房间里侧的墙壁那里，老人笨拙地爬到高高的架子上，伸手把一个红色的陶罐拿了下来。

"你们不会介意这点灰尘吧？你们也知道，怪物身上总是会掉落各种各样的东西。"

"当然不介意。"守门者礼貌地答道，在灰色的板凳上落了座。咪咪挨着它坐下。

老人把陶罐放在桌子上，空气中顿时浮起一小片尘云。"稍等一下，我忘了拿杯子。"他说着，又蹒跚地回到架子那边。

守门者看向咪咪，古怪地对她挑了挑眉。

"怎么了？"咪咪悄悄问它。

守门者弯腰凑近咪咪，用非常小的声音说道："他就是那个很久以前，从我的门进来的人。那时候他的样子和现在不一样，但是我记得他。他是跟怪物一起来的。"

"那个'真心好朋友'吗？"咪咪低声激动地问道。守门者点了点头。

"你们在嘀咕什么？"海莉沉着脸问。她想用袖子擦掉板凳上的灰尘，结果非但没把板凳擦干净，还蹭了满袖子的灰。海莉气鼓鼓地坐到咪咪身边，打了个喷嚏。老人还在架子那边"叮叮当当"地忙活着。

守门者弯腰凑近两个女孩，低声说道："他被困在这里出不去了。这些年来，他一直都在这里。"

"说不定是他自己不想出去呢。"咪咪猜测。

"或者是有人不让他出去。"守门者往坏处猜。

"谁不让人出去？你们在说什么？"海莉急了，"我是一定要回去的，我还要参加足球夏令营呢！"

山洞的那位绿脸庞主人终于找到了杯子，回到桌子边。"这个可以让你们迅速恢复体力。"他慈祥地说着，把黄绿色的液体倒进杯子里。

海莉闻了闻杯子里酸涩的汤，嫌弃地撇了撇嘴。咪咪礼貌地把杯子端在手里。只有守门者双手捧着杯子，满意地一饮而尽。

老人在桌边坐下，给守门者又倒了一杯。"现在，该你们跟我说说，是怎么到这儿来的了。"

"我就是想来看看，格拉住在什么地方。"咪咪说道。

"我是来把咪咪带回家的，因为她没经过允许，就自己跑出来了，家里所有人都很担心。"海莉接过话茬。

"那你们是怎么认识格拉的呢？"老人问。

"它是我们的保姆。"咪咪回答说，"有一个很奇怪的什么实验，但好像失败了。我都不知道，那个实验到底要研究什么。不过无所谓，反正我们最后和格拉成为了朋友，真心的好朋友。"

老人呷了一口树根汤，像是在思考着什么。"是吗？奇怪的实验……你们可以告诉我，具体发生了什么事情吗？我从女巫那里得知，怪物们逃了出去，还在森林里闹事儿。我很难相信这些，但她们是这么跟我说的。女巫们到我这儿来表达不满，非要说我也有很大的责任，这怎么可能！"

海莉和咪咪惊讶地看了看对方。

"是你把怪物送到人类家里去的吗？"海莉问道。

"当然不是！"老人很受伤，"是女巫们。我向她们建议，即使是在地面上，也应该给怪物自由活动的权利。我对女巫们说过很多次，怪物们能出色地学习人类的习惯。但我绝对不可能把怪物们送去人类的家里，去照顾孩子！这也太荒谬了！"

"它们做得很好。"咪咪低声说道。

"女巫为什么想要把怪物送到地面上去呢？"海莉用紧张的眼神瞥了一眼咪咪。

"我就知道！"老人气愤地说，"女巫很害怕人类知道地底世界的存在，为什么还要把怪物送到地面上去，而且是人类的家里？这一点也不合逻辑，她们肯定有什么阴谋。她们却还要污蔑我，说一切都是我主使的！这怎么可能！我只希望怪物们能得到自由，而不是禁锢。女巫大概永远也无法理解这一点。"

"也许她们只是很好奇，人类的家里到底是什么样子。"咪咪猜道。

"她们肯定是自己想要到地面上去，但是又不敢，所以先把怪物送过去探探情况！"海莉接着猜道。

守门者已经风卷残云般地将第二杯树根汤喝干净了，它看起来心满意足。

"谁知道呢。"老人说道，"不管怎么说，怪物们已经被送到地面上去了。我那时候尽了最大努力培训它们。当时我问女巫，我能不能跟着怪物一起去地面上，被一口回绝了。她们的说辞是，怪物们必须要独立面对考验。

它们就这样被送到了地面上。后来怪物们突然全都回来了，比预计时间提前了很多。但少了一个，因为格拉在甬道里落了单，虽然怪物总是集体行动的。女巫们很生气，她们是生性多疑又难以捉摸的生物。幸好她们一点儿也不清楚，怪物究竟有多么聪明。女巫们压根儿没想过，完全没想过，怪物有能力自己打开门。现在她们致力于搞清楚，到底是哪个守门者开了门，让怪物们回到地底下的。"

守门者吓坏了。"不是我。"它很小声地说。

"当然不是你。"老人大声说道。他弯腰越过桌子，凑到这边低声说："是我干的。或者更准确地说，是我趁事情更糟糕之前，叫格拉伊古鲁去地面上，把其他的怪物们都接回来的。"

"格拉伊古鲁？"守门者重复道。

格拉伊古鲁，海莉也在心里默念了一遍。这名字怎么这么耳熟？

"就是它，最年长的那个，我最亲爱的怪物。由于是族群最年长的怪物，格拉伊古鲁被获准留在了岛上。"

"你是怎么把门打开的？"守门者不可置信地问道，"很早以前，女巫们就把所有门的钥匙都收回去了，谁也没有钥匙了呀。"

老人龇着牙露出了狡黠的笑容，像个小男孩。"要知道，我是在女巫收回钥匙之前，就到这里来的。她们收钥匙的时候，有好几把钥匙都不见了。"

守门人的表情从疑惑变成惊恐，老人却大笑起来，笑得十分得意。

"那你到底是什么时候到这里来的呀？"咪咪问道。

"那是很久很久以前了。认识格拉伊古鲁后，我们在地面上成为了好朋友，然后一起来到了地底下。我当时还不知道，怪物不止一个！我想要更深入地了解它们。那时候，通往地下的门还都是敞开的，钥匙也都插在门上。只要能在对的时间，找到对的门，就可以了。"老人继续讲述，"我们从那块巨大岩石上的门进来，然后把钥匙拿走了。从那时起，钥匙就一直在我这里。"

"你们是从我的门进来的。"守门者万般担心地打断，"你们把我的钥匙拿走了。"

"别害怕，守门者。女巫们知道，你那道门的钥匙在很久之前就已经不见了。她们不可能怀疑你的。"老人安慰道。

"好啦，快接着讲呀。"咪咪催促道。

老人给守门者和自己续了些树根汤，继续开口道："我当时就是到这里来了，不知道关于门、女巫还有任何其他事情。我和格拉伊古鲁最开始去了大中心。女巫们当时还没有很害怕，因为她们从来没有想过，地面上的某个人，可以通过那些通道走到这里来。但她们见到我之后，就开始害怕起来。她们起初想把我扔到黑暗的洞穴里，让我在那里自生自灭。我一遍又一遍地向她们解释，我只是一个科学家，来这里是想要研究怪物，没有任何其他目的。最后她们同意了把我送到怪物岛上来，但必须答应一个条件。"

老人的表情变得严肃起来。

"什么条件？"咪咪屏住了呼吸。

"在女巫统治时期结束前，我都不可以离开这里。我当时并不知道，在我有生之年女巫的统治可能都不会结束。"

"什么统治时期？"海莉问道。

老人呷了一口树根汤。

"这里的规矩挺复杂的，也很出人意料。地底生物的每个物种，都有权利在自己的任期内作为统治阶层，统领所有的地底生物。统治阶层会交替，每一个物种都能够轮流成为统治阶层。大中心那里有一个宝座，是统治阶层最年长者，也就是最高统治者的专座。当统治阶层最年长的那位死亡或者年老到无法统治时，统治阶层就会交替。

"地底下的生物物种有很多。有一些物种的统治时期非常非常短，甚至只有一个白昼的时间，但这对它们来说也足够了，因为它们也只能活一个白昼。它们的生命短而更新迅速。比较成问题的是寿命很长的生物。女巫中最年长的那位，是永远都不会变老的，或者至少要过好几百年，这是我的理解。"

守门者点了点头。"女巫们确实寿命特别长，而且非常多疑。"

"女巫们知不知道，我们在这里？"海莉问道。

"我们最好祈祷她们不知道吧。"老人说，"你们不是通过大中心来的，而是格拉伊古鲁的那个秘密通道。女巫们并不知道这条通道，或许还没有任何人发现你们。不过不管怎么说，你们都应该尽快回到地面上去。我可以请求格拉伊古鲁送你们回去，它知道那条不用经过'多重大厅'的路线。"

一片沉默。

守门者又给自己倒了一些树根汤。"这汤太好喝了。"它对着海莉赞叹道，"你到现在一口还没尝过吗？"

海莉把自己的杯子推到守门者面前，说道："送你了。"守门者受宠若惊。

咪咪若有所思地看向老人，开口问道："你有没有想念过地面上的一切呀？"

"当然有过。有时候我非常希望能返回人类的生存环境，我想念天空和太阳，还有外面的空气。我尤其想念雨水，这里从来都不会下雨。"

"那你为什么不回去呀？"咪咪问，"你可以跟我们一起回去。"

老人慈祥地大笑起来。"我已经回不去了。"他答道。

"为什么？"海莉问，"你可以逃走呀，你不是知道秘密路线嘛。"

"不行的，亲爱的小朋友们。秘密路线也帮不了我。现在回去已经太晚了，不过你们不要误会我的意思。我对女巫们的承诺，在很久之前就已经失去意义了。但这里的一切是我毕生的心血。你们看，所有那些书籍、研究结果和标本。回归人类生存环境的路程，对我来说太遥远、太艰难了。我是一个垂暮之人，已经走不动了。我没办法把所有这些都带走，也做不到把它们都留在这里。"

老人指了指他身后的小隔间。隔间的门帘是打开的，里面看起来很温馨。屋顶上挂着一个玻璃瓶子，里面有几只在睡觉的发光虫，忽明忽暗地发着光。结实的写字桌上摆满了干树叶、丝线、细毛刷子，还有墨水瓶。一排排树根编制成的架子紧挨着墙壁，上面放满了篮子和杯子。最里侧那低矮的架子上，软壳的书籍整齐地摆放着，占据了半个书架。

"这是什么房间？"海莉一边问，一边起身朝那边走去。

"是我的工作室和个人图书馆。那里放着我的毕生心血，所有的研究结果。五十二本书，全都是我自己写的。"老人答道。

"你写了五十二本书吗？"咪咪惊呼。她从桌前跳起来，飞奔到工作室门口，站在海莉身边。

"对的，都在那些书架上，你们想看的话可以自己拿。"

咪咪走进小隔间，来到低矮的架子旁。她拿起其中一本。书很小，咪咪一手就能拿住。书的封面摸起来干硬而又粗糙，上面没有图案，也没有文字。咪咪翻开内页，里面的纸张轻薄而柔韧，上面满是弯弯曲曲的旧体字，都是手写的。文字里还夹杂着一些图片，画的都是怪物。

"这本书是关于怪物的吗？"咪咪问道。

"所有这些书都是关于怪物的。"老人回答。

海莉凑到咪咪身旁，从架子上拿起另一本书翻开。突然，海莉倒抽了一口气。

"怎么啦？"咪咪问道。

海莉指了指书的封面，小声说："你看。"

"我还不认识字，你忘记了吗？"咪咪友好地提醒，"上面写的什么呀？"

海莉弯腰凑到咪咪耳边，小声说道："上面写着

与怪物一起做的学习测验·第二部分
茹纳尔·卡利著。"

"茹纳尔·卡利?!"咪咪惊呼。

"你们在聊什么呢，孩子们？"

咪咪和海莉的眼睛从书上抬起来，看向老人。老人用询问的眼神回看着女孩们。

"你就是茹纳尔·卡利吗？"海莉问道。

"当然是我。"老人答道。

"我们看过你的书！"咪咪叫道。

她太兴奋了，没办法不大喊大叫。她又大叫着继续说："我们在家里看过你的书，准确地说，是柯比把你的书读给我们听过！柯比几乎每天都在看你的书！"

守门者惊讶地弯腰凑近茹纳尔·卡利，低声说道："柯比是她的哥哥，他住在地上一个叫作浴室的地方。"

茹纳尔看向咪咪，问道："你是说我留在地面上的第一本书吗？我都不知道，它原来还存在着。我以为所有那些书都被销毁了呢。"

"没有，没有！"咪咪喊道，"我们从图书馆借的，它是柯比最喜欢的书！你是柯比最崇拜的科学家！"

"咪咪，你声音太大了。"海莉提醒她。

"你必须跟我们一起回到地上去！"咪咪依旧大声喊着，"还要把所有的书都带着！"

茹纳尔·卡利惊讶得手足无措，他看了看咪咪，又看了看海莉和守门者，然后又看了看他那喝了一半的树根汤。

"我的天哪！"最后他感叹了一句，"这真是太巧了！"

第二十章　重大决定

咪咪突然惊醒。已经是早上了吗？房间里有些昏暗。墙边水杯里只剩下一只发光虫还在睡觉，它闪烁着微弱的光亮。茹纳尔的客房里没有窗户，唯一的房门用帘子遮住了。

咪咪坐了起来，四下看了看。海莉把自己紧紧地卷在被子里，像一根大香肠。守门者在地板上打着呼噜，它不愿意睡在茹纳尔拿给它的床垫上，因为据说守门者就应该睡在地上。

咪咪悄无声息地下了床，把浴袍穿在睡衣外面。她像老鼠一样，蹑手蹑脚地走到门帘旁边，小心地掀开一条缝往外看，什么也没看到。咪咪打开门帘偷偷溜出房门，厚实的帘幕在她身后又重重合上。远处某个房间里，隐约传来茹纳尔低沉的呼噜声。已经有光束从洞穴大门那厚重的门帘边缘投射进来。可能现在是早上了，只是他们都睡到特别晚。

工作室的门帘是敞开的。发光虫闪烁的光比睡前黯淡很多，不时晃动着。咪咪仔细探听茹纳尔的呼噜声，听起来很平稳，他肯定睡得很熟。咪咪蹑手蹑脚地走进工作室，直奔书架，拿起了五十二本书中的一本。她心里一直有个念头想要尝试一下。她本来是想先征求茹纳尔的同意的，但茹纳尔在睡觉，反正这就是个小小的试验，不会对谁有任何坏处。

手里的书大小正合适。咪咪打开浴袍的口袋，把书放了进去。和咪咪的猜想一样，口袋完全可以装下它。咪咪满意地笑了。想要把茹纳尔的五十二本书运到地面，还是很简单的嘛。咪咪决定，等茹纳尔一醒，就立马告

诉他这件事。

口袋里有了动静。咪咪立刻把手塞进口袋里检查情况，书从她的指尖滑走，消失在口袋底部。啊哦，柯比可能已经醒了。这一点咪咪倒是没有想到，她明明只是想试试看书能不能放进口袋里呢。哎呀，反正柯比也能轻而易举把书传送回来，茹纳尔肯定不会生气的。咪咪只是在帮他搬东西而已！

咪咪再次看了眼架子。有几本书看起来比其他的要稍微大一些。咪咪拿起其中的一本，掂量掂量。这本书显然要比刚才那本厚。它会不会放不进去呢？看来，还需要另一个小小的试验。咪咪再次打开口袋，把书塞了进去。这次口袋显得有点紧，咪咪得稍微把书往下推一推。好在这本书也开始慢慢往下沉去。这次咪咪有足够的时间把它拽回来，但是她没有。因为她想要看看，这本书能不能完全消失在口袋底部。答案是肯定的，太好了！

洞穴大门上的帘子动了一下，门帘外面似乎有个深色的庞然大物在移动。

"格拉，是你吗？"咪咪低声问道。

一只长满毛发的大手把门帘推到了旁边。明亮的日光涌进昏暗的洞穴，格拉那毛茸茸的脑袋探了进来。

咪咪欣喜地低呼一声："你又可以抖落灰尘了，闻起来像烂土豆！你好啦？！"

格拉发出快活的咕噜声作为回应，还轻轻抖动了身体。只是稍微抖了抖，它的四周顿时升起一小片尘云。咪咪打了个喷嚏。没错，格拉恢复到以前的状态了。

咪咪跑到怪物旁边，越过它朝院子里看去。外面已经是大白天了，一切看起来都和晚上很不一样。到处都是怪物，站着的，坐着的，甚至还有躺着的，一个个都忙得不亦乐乎。不过，它们到底在做什么呢？所有怪物看起来都非常奇怪。这边两个在把细树干弯曲成圆圈，那边一个在地上刨出了个大坑，还有一个看上去是在往小袋子里装泥土。

"它们到底在做什么呀？"咪咪惊奇地问道。

格拉没有回答，只是盯着咪咪背后，发出乖巧的咕噜声。咪咪转过身去，原来茹纳尔正站在卧室的门边。

"早上好！大概是时候喝点早餐汤了！"他说道。

茹纳尔迈着艰难的步子朝杯子架那边走去，每一步都需要拐杖做支撑。咪咪担心地看着他的背影，走路对他来说都挺困难的。

"你的腿疼吗？"咪咪问道。

"喝了树根汤之后，行动就会方便很多了。还好没有什么其他老年病，不然树根汤也不管用。"茹纳尔无奈地说。

"守门者一直在喝树根汤。"咪咪说道。

"树根汤是长寿和绿色皮肤的秘密。"茹纳尔说着，给自己倒了一杯树根汤，"守门者寿命特别长，你大概也发现了。我的寿命也挺长的，这是个很吸引人的话题。我研究过树根汤的功效，等我好点了，就去把研究结果找出来给你看。我记得这个研究写在第三十八本书里。"

咪咪迅速瞥了一眼茹纳尔的书架，开口道："茹纳尔，我得告诉你一件事情。"

"说吧。"茹纳尔呷了一口树根汤，慈祥地说道。

"我想到了一个好主意，很容易就能把你的书都运到地上去。我已经做过测试了，这个方法很好用。"

"你的意思是？"茹纳尔没有听明白。

"没什么大碍的。"咪咪快速地说道，"我只是把两本书传送给了柯比。"

"你说传送到哪儿了？"茹纳尔放下手中的杯子。

咪咪接着说道："它们很安全的。没有谁比柯比更爱惜书籍了。"

茹纳尔担心地转身看向自己的书架。

"我的书架上少了书吗？你是说，你没经过我的同意，拿了我的书？"他问道。

"只拿了两本。"咪咪轻描淡写地说，"我不想在征求你的意见之前，把更多的书传送过去。"

"我的天！"茹纳尔喃喃说道，起身一瘸一拐地朝着书架走去。

咪咪继续耐心地解释道："你昨天说，你想要回到地面上去，但是不想把这些书留在这里。这些书太多了，我们谁也没办法带着它们一起走，因为路程很远，也很麻烦。现在我想到了一个好办法，可以把你的书运出去，还不用带着它们一起走。这是个天大的好事，对不对？"

茹纳尔什么也没说，只是摇了摇头，愁眉紧锁，盯着他的书架。

咪咪开始担心，可能茹纳尔没有明白她的意思，于是接着说道："你的书只是提前被运走了，你明白吗？它们会在我的家里等你。"

"提前？！"老人的情绪突然激动起来，"仅仅是提前？可是我自己都没办法离开这里，又要怎么办？回去的路对我来说太艰难了，我已经太老了。"

"海莉说，只需要跟着那些蚂蚁，就可以回到我们家附近的森林里。"咪咪耐心地说，"如果连蚂蚁都能走得完，这样的路程肯定不会特别艰难的。"

茹纳尔摇了摇头。"这里没有蚂蚁。"他说道。

"那我们就想别的办法，别担心。"咪咪不以为然地说道。

茹纳尔转身背对着书架站了一会儿，然后走回桌子旁边。他给自己又倒了一些树根汤，慢慢地喝着，陷入了沉思。

"你是用什么办法把书传送走的？"他终于开口问道。

"我来传送给你看！"咪咪快速答道。

　　她跑到书架那里拿了一本书，然后把它放进浴袍的口袋里。

　　"这样。"她说着，期待地看向茹纳尔。

　　茹纳尔拄着拐杖走到咪咪的身边。树根汤开始起作用了，他的行动似乎比上一秒利索了很多。

　　"我没看明白。书在口袋里，然后呢？"茹纳尔问道。

　　"你看现在！"咪咪兴奋地说。

　　口袋开始晃动起来。

　　"怎么回事？"茹纳尔问道。

　　"书动了！现在它在往那边传送，懂了吗？"咪咪说道。

　　茹纳尔盯着空空的口袋，惊讶不已。

　　"看到了吗？它不见了。"咪咪胜利般地说。

　　"你知道它们去了哪里，对吗？"茹纳尔确认道。

　　"当然，被送到我们家去了。"

　　"我从来没见过这种事情。"茹纳尔喃喃道，"那还能不能通过同样的方式，把书从那边传送回来呢？"

　　"当然可以。"咪咪说着，打开口袋给茹纳尔看，"它们还会出现在这里。哎呀，有一封信传过来了，肯定是柯比写的。"

　　咪咪把口袋里那张纸取出来摊开，递给茹纳尔。"你可以读给我听一下吗？我一点也看不懂柯比写的是什么。"

茹纳尔接过那张纸，眼睛凑近，读了起来：

嘿，海莉和咪咪！

　　你们从哪儿找到那些书的？你们发现没有，书都是茹纳尔·卡利写的！你们肯定发现了！如果还能找到更多的话，一定要传送给我。妈妈问你们饿不饿，不过也不用费力气回答，三明治马上就传送过去了。你们可以拍点照片吗？妈妈说，相机在你们那里。你们什么时候回来？

茹纳尔惊讶地抬起头来。"这就是你哥哥吗？"他问道。

咪咪点点头，把手伸进另一个口袋摸了摸。相机就在里面，柯比说得没错。

"你哥哥信里指的，就是我的书，对吗？"茹纳尔问道。

"柯比是你的狂热粉丝。"咪咪转了转眼珠回答。

她把相机从口袋里掏出来，"咔嗒"一声打开。

"那是什么？"茹纳尔感兴趣地问。

"就是普普通通的相机呀。"咪咪答道，"等一下，你知道什么是相机吗？"

"我当然知道。不过以前的相机跟现在的样子差别太大了。"茹纳尔回答说。

"对啦，我可以拍张你的照片发给柯比吗？和送给粉丝的签名照差不多，明白吗？"咪咪问道。

"粉丝？什么意思？"茹纳尔重复了一遍。

"就是那种送给崇拜者的照片呀。"咪咪解释道。

"送给崇拜者的照片？当然没问题！"茹纳尔高兴地说。

他端正地站好，调整了表情，严肃地直视着相机。

"再拿本书放在手里吧。"咪咪建议。

茹纳尔快速地从书架上拿了一本书，把它举到胸前，说道："我准备好了。"

"咔嗒"一声，咪咪按下了快门键。

"太棒了！我现在就把它传给柯比。"咪咪满意地说。

她把相机放进口袋里，与此同时，口袋晃动了起来，然后相机消失了。几秒钟后，口袋里出现了第一块三明治。

"早餐来了！妈妈的动作也太快了。"咪咪高兴极了，把第一块三明治递给了茹纳尔，"你先吃。"

茹纳尔接过面包，拿在手里看了看。他的表情相当意外。"我已经几十年没有吃过三明治了。"他说道。

"把保鲜膜揭开后就可以吃了，妈妈会不断给我们送三明治过来的，管够！"咪咪说着，从口袋里拿出第二块。

茹纳尔把保鲜膜撕开，大口吃了起来。口袋里又送来第三块三明治，还有巧克力块，紧接着又送来了可

可奶。

"好吃。我们去桌子那边吧？我能问一下，那个瓶子里装的是什么吗？"茹纳尔问道。

"是可可奶，很好喝的。"咪咪回答说。

"可可奶。"茹纳尔认真地重复了一遍，像是在品尝那几个字一样，"我猜，它应该和热巧克力是一个意思？那是一种很稀有的美味，看来你的妈妈想要款待我们。"

咪咪咯咯笑了起来："它不是热的，也不是什么稀有的东西，我们家里一直都有可可奶。"

"是吗？"茹纳尔惊讶地问。他把杯子都放到桌子上，坐了下来。咪咪给杯子里都倒上可可奶，茹纳尔把他那杯一口气喝光了。

"你肯定很喜欢可可奶。"咪咪高兴地说。

"太好喝了。"茹纳尔回答道，"我已经忘记它的味道了，现在想起来了。地上的食物有各种各样的味道，我甚至都没意识到我很想念它们。"

口袋再次动了起来。

"柯比又来信了。"咪咪说着，把纸递给茹纳尔。茹纳尔刚刚咬了一大口三明治，这会儿还没办法说话。

"你肯定也很喜欢吃三明治。"咪咪友好地说道。

"嘿……"茹纳尔咕哝着。他把纸打开，浏览了一遍。嘴巴里的食物都咽下去之后，他开始读信：

嘿，海莉！

那些照片里的老人是谁呀？该不会是茹纳尔·卡利吧？这怎么可能呢?! 你们那儿还有他写的书吗？我是说如果，如果那个老人是茹纳尔·卡利，你能不能告诉他，我非常崇拜他的研究工作。我知道，你很难把这种事情说出口，但拜托你能不能就说这一次。这或许是我唯一一次能够与茹纳尔·卡利直接对话的机会了，你明白吗？能不能请你问一下茹纳尔，愿不愿意来我们家做客？记得要有礼貌！妈妈不让我去那边，因为她说她不能承受失去所有的孩子。而且我也不知道要怎么做，才能去你们那里。但是，茹纳尔能不能跟你们一起到这里来？妈妈也说那些书写得特别好。

茹纳尔的视线从信上抬起，把信纸放在了桌上。他看起来很感动，脸颊也不像刚刚那么绿了。他的嘴角上多了两撇可可胡子，下巴的胡须上沾着一些三明治的碎屑。

"那就这么决定了。"茹纳尔说。

"什么呀？"咪咪问道。

"就这么决定了，我想回去。我会努力坚持的，虽然路程很长。我们把书传送给你的哥哥，如果可以的话，我还想传送点其他的东西，比如几瓶树根汤，一些标本。我想跟你们一起回去，回到地面上去。"

"那就太好啦！"咪咪大声欢呼道。

茹纳尔把自己的杯子伸到咪咪面前，"那个好喝的饮料还有吗？"

"有！妈妈待会儿还会传送更多过来的。"咪咪给茹纳尔的杯子倒满可可奶。

"太美味了！"茹纳尔感叹道。

第二十一章　搬运准备工作

"还有这个，装得下吗？"茹纳尔说着，把写字桌边一个用树根编制成的小盒子递给咪咪。

"装得下。"咪咪说着，把盒子放进了口袋里。

"这个呢？这个太长了。"茹纳尔迟疑地把一根长柄画刷拿给咪咪看。

"没问题的。"咪咪接过画刷，把它塞进口袋里。画刷立马沉下去。

"太好了。那这个树叶标本册呢？"茹纳尔一边问，一边从桌上拿起一本厚厚的册子。

咪咪仔细审视了一番册子。"能不能把树叶都拿下来，单独传送过去？"她问道，"册子肯定装不下。"

"呃，我想想。"茹纳尔若有所思地喃喃道。他把册子在桌上摊开，小心地将树叶从里面拿出来。"我把它们卷起来吧，这样就不容易被折断了。"

海莉睡眼惺忪地出现在工作室的门口，打了一个大大的哈欠。"你们在做什么？"她问道。

"早上好呀！我们在搬运茹纳尔的东西。"咪咪高兴地答道，"等我们回去的时候，他要一起去我们家。我们已经把所有的书都运过去了。"

"是吗？"海莉吃了一惊，仔细地看了看工作室。这里和昨天晚上不太一样：书架空空如也，墙上挂的小袋子也都不见了。架子上层的抽屉被拿了下来，散落在地板上，里面也都是空的。看来咪咪和茹纳尔已把相当多的东西塞进浴袍口袋了。那些东西现在在哪儿呢？不用说，肯定是海尔曼家的浴室。海莉皱了皱额头，问道："茹纳尔到地上后准备住哪儿？"

"当然是我们家了。"咪咪不以为然地答道。

"我们家？妈妈同意了吗？"海莉难以置信地问道，"我们家已经很挤了，如果你记得的话。"

"呃，我们还没问呢。"咪咪答道。

海莉难以置信地冷笑一声："呵！所以你们先把所有的东西都运到我们家，然后才去问，这样做行不行？"

茹纳尔担心地看了一眼咪咪。咪咪转了转眼珠子，耐心地解释道："不是，我们是在等你醒来，然后问一下妈妈。纸和笔都准备好了，你可以给妈妈写封信吗？"

"为什么是我？"海莉大叫道。

"当然是因为你会写字，而我不会。总不能让茹纳尔自己来问吧？那也太奇怪了，对吧？总得我们家的谁来问。"

海莉瞥了一眼茹纳尔，他已经停止了手上传送物品的活儿，正盯着海莉。

"把纸拿过来，我来写。"海莉说道。

"你来这边桌子上肯定更好写一点。"咪咪建议道。

海莉拖着脚走到桌子旁边，四下看了看。桌上一支笔也没有，只有几根细细的画刷。她的目光停在淡黄色的树叶上。

"这是什么，这也不是纸啊？"海莉气鼓鼓地问。

"不用那么讲究啦，在那上面写字也挺容易的。茹纳尔不是也用树叶写了好多本书吗？"咪咪说道。

海莉把细画刷拿在手里，手感竟然出乎意料的好。

"我要写什么？"海莉没好气地问道。

"你可以用自己的话来写。"咪咪鼓励道。

"我就知道。"海莉嗤了一声。她想了一会儿，然后下笔写道：

嘿，妈妈。

　　咪咪想把茹纳尔带到我们家去住，茹纳尔特别特别特别老。你怎么看？咪咪准备把茹纳尔所有的东西，都通过浴袍的口袋传送到你们那边，你应该已经发现了。她和茹纳尔肯定都疯了。茹纳尔去了我们家，他要住在哪里？或许他可以住在玄关那儿的壁橱里，哈哈哈。那里肯定还是空的吧？都怪咪咪乱想点子，要把怪物一起带回去。

海莉停了停笔，抬起头来，发现茹纳尔那双苍老的浅色眼睛正看着她。

"干吗？"海莉的语气比她以为的要粗鲁很多，她的脸顿时滚烫起来。

"以后我肯定会找到合适的方式，好好感谢你和你妹妹的。"茹纳尔说道，"我在这里活得很自在，但现在我突然特别想要回到地上去，回到我自己的族群里。这是我这辈子最后的心愿了。"

海莉突然觉得很愧疚。她的信是不是写得太过分了？茹纳尔肯定有点绝望，或者至少有点伤心。他真的很想回到地上去。但是话说回来，为什么非要去海尔曼家呢？茹纳尔要住在哪里？还有他的那些东西要放哪儿？

"你要是回到地上去，怪物们怎么办呢？"海莉问道。

茹纳尔慈祥地笑了笑。"我来这里之前，怪物就已经在这里生活了好几百年了。我在这里的这些年，从来没见过一个怪物去世或出生。这里就是它们的家，森林里有它们的食物，它们的生存从来不依赖于我。如果我离开这里，我会像在它们家叨扰了很久的老朋友一样，好好跟它们告别。"

"怪物们当然也可以去我们家的。"咪咪建议道。不过只有格拉听到了这句话，它坐在长桌子旁边，发出快活的咕噜声，像是启动了一个小发动机一样。

海莉看着茹纳尔说道："你有没有做好心理准备？这些年地上的一切都变了，你的家肯定也不存在了，你一个人都不认识。"

"海莉！"咪咪很不高兴地打断她。

"我也想过这个问题。"茹纳尔回答说，"但是现在我认识了你们，还有你们的兄弟，我和他还有共同的爱好。"

"没错，就是这样！接着写吧，海莉。"咪咪催促道。

海莉看了眼咪咪，又看了看茹纳尔，弯下腰接着写道：

> 茹纳尔迫切地希望能够尽快离开这里，我们可能必须得帮他。记得回信。
>
> 海莉

海莉把画刷放到桌上，快速把纸叠了起来。"给。"她对咪咪说。

"你怎么写的？"咪咪一边问，一边把信塞进了口袋里。

"我就问妈妈，茹纳尔能不能去我们家。"海莉模棱两可地答道，"还有什么早餐吗？"

"当然，桌子上的三明治管够。妈妈送过来的。"咪咪友好地说道。

第二十二章　灌木丛后的麻烦

　　光线在空中缓慢地浮动，又奇怪地四处摇晃。突然，光线陡然变换了方向，连影子也改变了位置，一切都和刚刚看起来不太一样。

　　"真奇怪。"咪咪嘀咕着。

　　她躺在格拉旁边柔软的深蓝色苔藓上，看着天空。不过，那到底是天空还是屋顶呢？它像天空一样蓝，但并没有太阳。空中那些晃动的光点替代了太阳的，它们组成了闪闪发光的云朵，在空中浮动摇晃着，又突然变换位置，来来回回很多次，看起来就像是云朵在跳舞一样。咪咪眯起了眼睛，但是发光的云朵太亮了，她没有办法仔细看清楚。

　　"那朵云里也有什么昆虫吗？"咪咪问道。

　　她已经发现了，地底下的光总是从不同的生物身上

发出来的，比如蜥蜴呀，蝴蝶呀，苍蝇呀什么的。真的很方便，虽然没有太阳，但是有各种各样闪闪发光的小东西，像阳光，或者月光，或者手电筒的光，又或者各种时候需要的各种光。

格拉没有回答，它闭着眼睛，安稳地呼吸着。

"你不会睡着了吧？"咪咪吃惊地问，"你该不会还觉得累吧？"

格拉还是没回答，它可能真的睡着了。她们刚刚绕着整个怪物岛转了一圈，而且大部分时候咪咪都在格拉的怀里。

整个环游的旅途中，咪咪既幸福又悲伤：幸福，因为可以一整天都和格拉在它的家园度过；悲伤，因为这是她们在一起的最后一天。今天晚上，咪咪就要和海莉还有茹纳尔一起，启程回家了。守门者和海莉去检查回去的路线，茹纳尔在这里跟怪物们一一道别。

　　环游旅途的最开始，格拉向咪咪展示了自己的柜子。

里面灰扑扑的，有很多泥土，看起来很温馨，比海尔曼家玄关那个壁橱舒服多了。

然后，她们去洗澡的泥坑那边看了一下，正好有两个怪物在里面快活地哼哼着，树叶和泥土被刨得老高。泥坑边缘还有一个怪物，它推着一个小推车那样的工具，不紧不慢地往那些泥坑里倒入更多的泥土和树叶。

咪咪和格拉继续往森林那边走去。

"你可以抱着我走吗？"咪咪请求道，"我已经走了好几百公里了，把全世界的甬道和洞穴都走了一遍，今天晚上我还得再走这么远的路回家。"

格拉用它强壮而毛茸茸的胳膊把咪咪抱了起来，她们走进了深蓝色的森林里。

她们往森林更深处走去，那些茂密高大的树木不是绿色的，而是蓝紫色的。厚厚的苔藓覆盖着地表、石头，还有那些树木的枝干，整片森林看起来特别柔软，几乎要把人淹没。格拉的脚步像深陷进地里一样。

奇怪的是，森林里似乎空荡荡的，没有鸟儿的歌唱声，也没遇见什么人。倒是有几只浅色的青蛙一闪而过，听到动静后迅速跳进苔藓里消失了。

高处的树枝间有什么东西在飞动。一开始，咪咪以为它们是鸟，后来发现不是鸟，而是颜色各异的蝴蝶——它们那小小的脸庞酷似人类。咪咪发出惊叹声。就在这时，格拉伸出粗粗的手指头，指了指上面的树冠。更高的树枝上有一排排小房子，它们有着圆形的屋顶，看起来像陶土小屋。

"它们住在那里吗？"咪咪惊讶地问道。格拉点了点头。

她们停在那里观赏着飞舞的蝴蝶，直到蝴蝶突然飞回树冠上坐下来。

咪咪收回了飘出去很远的思绪，挠了挠格拉的肩膀。

"醒醒啦，瞌睡虫。我们去海边吧？"她问道。

格拉睁开它那忽闪忽闪的黄色大眼睛，点了点头。

咪咪从格拉怀里下来，站在柔软的苔藓上，把手伸向格拉，说："起来吧！"

格拉抱起咪咪，往海边走去。咪咪在怪物摇摇晃晃的怀里小声说："亲爱的格拉，我肯定会特别特别想念你的。"

格拉什么也没有回答，咪咪把脸埋进怪物那毛茸茸的毛发里，打了个喷嚏。

突然，格拉的速度慢了下来，像是在迟疑。它停下脚步。咪咪的脸从怪物毛发里抬了起来，环顾四周。她们还在森林里，深蓝色的树木十分茂密。

"怎么了？"咪咪问道。

她们旁边的灌木丛传来簌簌的声响，灌木丛中伸出一只浅色的手臂，正朝她们挥动着，有两根手指头发着光亮。是海莉！格拉悄无声息地弯下腰，抓住灌木繁茂的枝叶把它们拨向一边。枝叶下面，海莉和守门者满是恐惧的眼睛正盯着她们。

"你们为什么要在灌木底下藏着呀？"咪咪问道。

海莉飞快地把那根发光的食指竖在嘴前，做出嘘声的动作。"快到这里藏起来。"她把声音压得特别低。

咪咪瞥了一眼格拉，灌木对怪物来说实在太小了。

"你还有足够的怪物尘吗？"咪咪低声问道。

格拉点了点头。它把咪咪放到地上，咪咪偷偷溜到海莉旁边的灌木底下。格拉低头贴紧自己的胸膛，然后抖动肩膀，速度越来越快。它的毛发上浮起薄薄的一圈灰尘，不一会儿就被灰尘形成的"乌云"笼罩住，怪物突然间就不见了。咪咪满意地点了点头。

"好样的，格拉。"咪咪低声称赞道。

海莉把手指竖在嘴前，做了个鬼脸。

"我们为什么要藏在这里呀？"咪咪非常小声地问。

守门者用手指了指灌木的后面。咪咪从枝叶间的缝隙往外看了一眼：是那三个女巫！就是闯到他们的营地，还吃掉了青蛙精灵幼崽的那三个女巫！咪咪不满地嗤了一声。

"她们在这里干什么？这儿可是怪物岛！"她愤愤不平地小声说道。

"嘘——"海莉示意她安静。

守门者非常小声地解释道："她们是统治者的女巫，专门检查异常情况的。她们的任务就是寻找那些不见了的人或事物。我担心她们是不是已经知道我们在这里了。除此之外，她们没有理由到怪物岛上来。"

"原来就是她们啊！我们早就应该猜到！"咪咪咬牙切齿道。

"嘘——"海莉恼了。

"她们怎么知道我们的？"咪咪小声问。

"她们找到了我们过来的通道。"海莉低声说。

"真的假的？"咪咪不可置信地问。

海莉点了点头。

"我们去了那边，通道已经没有了，原来的地方现在只剩下普通的泥土。"

"会不会是你们找错了地方？"咪咪不死心。

"不会的，小云雀。地方是对的，但是女巫们把通道关起来了。现在她们要找从那条通道过来的人。"

咪咪皱了皱眉头，"呃，最好别让她们找到我们。"

海莉和守门者不约而同地点了点头。

咪咪发狠地低声说道："那我们就再找一条回去的路。肯定不会很困难，我们已经找到好多条了！而且守门者还有一双不同寻常的脚。"

守门者表示无奈地摇了摇头。"其他的通道都需要钥匙，但我们没有。"它小声说道。

"那，那些蚂蚁呢？"咪咪问道。

海莉通过枝叶间的缝隙看了眼外面，低声说："女巫们离开这里了。"

"很好，我们现在小心地回到茹纳尔那里。"咪咪快速地说着，笨拙地站了起来。

"小云雀说得没错。我们这就赶紧回去。"守门者低声说着，爬出了灌木丛，"快来，快来。"它催促道。

从灌木丛里出来后，咪咪四下看了看，发现格拉不见了。它还隐藏在怪物尘里吗？

"往这边。"守门者脚步匆匆，朝着女巫离开的反方向跑去。小路旁边紫色的灌木沙沙作响。

"格拉，原来你在那儿呀！"咪咪小声说道，长舒了一口气。

但是灌木丛后面站起来的并不是怪物，而是一个巨大又瘦长的家伙。它身上的披风是深紫色的，和森林的颜色一模一样。它之前肯定是蹲在灌木后面藏了起来，现在它站起身，灌木才勉强到它大腿的位置。咪咪惊得捂住了嘴巴，海莉则吓得大声尖叫起来。它的鼻子很大，而且坑坑洼洼的。一对目光锐利的小眼睛上面，眉毛像屋檐一样突出来。它看起来很强壮而且危险。

"树根它奶奶的！"守门者低声咒骂道。

巨人那双小眼睛停在了守门者身上。守门者努力使自己镇定下来，脸上装出一副平静的表情。

218

那家伙声音低沉，却如滚滚雷声："南侧森林大门的守门者，统治者正在找你和你的同伴。"

守门者非常恭敬地鞠了一躬，说道："向您问好，大中心的守卫者。我不知道，原来统治者在找我。我是和两位客人一起到这里来的，我们把一个走丢的怪物送了回来，它在我大门附近的甬道里迷路了。"

"怪物现在在哪里？"巨人守卫者低吼道。

"已经送回去了。"守门者回答说。

巨人守卫者那双深陷在眼窝里的小眼珠转向咪咪和海莉，"她们是谁？从哪儿来的？"

守门者迟疑了片刻，答道："她们两个是从地面上来的人类。"

"从地面来的？"巨人守卫者重复了一遍，眼睛盯着孩子们，"统治者想要见见你们。"

"这种小事还是不用惊动统治者了吧。"守门者努力想要挽回局面，"怪物已经送回去了。我现在正准备把这两个地上来的孩子送回她们自己家里。这是守门者自古以来的职责。只要我能拿到大门的钥匙……"

"所有的大门都关起来了。"巨人守卫者打断了守门者的话。

"确实，但这两位是不小心跟着怪物们一起进来的。您应该也听说过怪物实验吧。我需要大门的钥匙，然后把她们送到地面上去……"

"所有的大门都关起来了。"巨人守卫者重复道。

可能巨人守卫者的脑子太简单了吧，咪咪猜想。她把手塞进浴袍的口袋，里面又有新的东西传来，是相机。妈妈和柯比想要更多的照片。

"都跟着我来。"巨人守卫者低沉的声音响起。它转过身，用宽阔的后背对着她们，迈着沉重的步子，沿着林间小路往前走去。地面随着它的脚步微微震动。

守门者的双唇抿成了一条线。它瞥了一眼被吓坏的海莉和咪咪，低声宽慰道："走吧，小云雀们。我们肯定能想到解决办法的。"

第二十三章　地上来的伟大精神

巨人守卫者的步子不仅沉重，而且迈得特别大。咪咪和海莉不得不一路小跑，才能跟上它。巨人守卫者都没有回头看过她们，它一点也不担心守门者和同伴不会跟着它。

"格拉去哪里了？"咪咪气喘吁吁地问海莉。

"现在你就自己跑吧，别指望怪物了。"海莉答道，她几乎都没办法呼吸了。

"不是的，我是担心它会迷路。"咪咪辩解道。

"它在这儿怎么会迷路，这儿可是它的家。"海莉回答说。

"嘘——"守门者提醒道。

孩子们安静了下来。

她们穿过一座短短的桥，桥梁连接着怪物岛和另一边的海岸。咪咪在桥上回过头去看，怪物岛看起来出奇的小。但愿格拉已经跑回去提醒茹纳尔了。

沙滩海岸的边缘处不知何时出现了一条石头小路，把她们引向蓝紫色的茂密森林深处。树林里到处都是用石块和沙子建成的住所，但一个居民也没有看到。

森林的尽头，小路拓宽成一个院子，或者说是个小广场。最前面矗立着一堵岩石墙壁，上面有一道敞开的门。巨人没有放慢脚步，径直"咚——咚——咚——"地走了进去。

她们走进了一个空空荡荡的山洞里，巨人守卫者那重重的脚步声响彻整个洞穴。有什么东西从海莉的头顶飞快地掠过，很快飞向对面的洞穴门。门开了，又通向下一个洞穴。

"那是什么？"海莉害怕地小声问道。

那生物长得像蜻蜓，但是大小和乌鸦一般，它的脚上还挂着什么东西。

守门者瞥了一眼头顶。"怎么了？"它问道。

"你看，它又飞回来了。"海莉低声说道。

巨型蜻蜓掠过她们的头顶飞了回来，现在脚上的东西不见了，还发出低低的"嗡嗡"声。它飞出洞穴，很快就消失了。

守门者点了点头，"是大中心派来的，应该是把什么东西送到大殿去了。这些信使多种多样，种类很难分清。

我听说，它们很受女巫们的青睐。"

"咪咪，你看见了吗？"海莉低声问道。

咪咪没有吱声。

"咪咪？"海莉又低声问了一句，扯了扯咪咪的袖子。

咪咪抬起头来很不高兴地低声说道："你能不能安静一下，这样我才能听清楚浴袍在说什么。它有很重要的事情要告诉我。"

海莉翻了翻白眼。咪咪把浴袍的帽子扯上来戴在头上。

"嘿，浴袍，你刚刚说什么？可以再大声点说一遍吗？"她仔细听着帽子里的低语。

浴袍的声音很微弱，但现在咪咪能听清了。

"小朋友，仔细听好，按照我说的去做。明白了吗？"

"当然明白。"咪咪激动地低声说道。

"一直戴着帽子，这样你才能听清楚。我马上要跟你说更多细节。"

她们小跑着跟在巨人守卫者后面来到了下一个大厅。这里也是空的，但是现在巨人放慢了速度，回头看了一眼。"我们现在到达统治者的大殿了。"它发出闷雷一样的声音。

"石头的臭脚趾！"守门者低声咒骂道。

她们停在了大殿的门前，海莉惊讶地倒抽了口气。

大殿和之前的两个大厅完全不一样，里面熙熙攘攘的，而且全是些奇奇怪怪的家伙！有的体形很小，有的体形很大，有的长着翅膀，有的毛茸茸的，而有的一根毛都没有、光溜溜的，有些长着长长的鸟嘴，有的长着扇形的尾巴。所有这些家伙都沿着大厅的墙边站着，都自顾自地忙得不可开交。这里看起来一点也不像统治者的大殿，倒像是市场或者森林露营地。有的家伙甚至在大殿的角落燃起了篝火，还在火上架了一口小锅。

"那个统治者在哪里？还是说不止一个？"咪咪隐藏

在帽子里低声问道。

海莉伸手指了指左边。那里，半明半暗的阴冷处，有一个高高的宝座，看起来应该是用粗细不同的树根编制成的。这时，咪咪才注意到宝座上的女人。她看起来很小，很干瘦，而且特别老。女人那雪白而又稀疏的头发在头顶绾成一个高高的发髻。她的衣服和金属饰品，和刚刚在怪物岛巡逻的那三个女巫一样。宝座的周围还坐着很多女巫，她们都有着相同款式的衣服，一双双浅色眼睛冷冰冰的，全都紧紧盯着巨人身后那几个笨拙的身影。

海莉的头顶又飞过一只巨型蜻蜓。它飞快地掠过，像箭一般冲向宝座，什么东西掉了下去，它又迅速飞走了。女巫们对这一场景熟视无睹，但海莉注意到了宝

座的边上放满了各种各样的小物件。那些到底是什么东西？

"坐在宝座上的就是最老的女巫吗？"咪咪低声向守门者问道。

"嘘——"守门者示意她别说话。

"她为什么要那样晃动脑袋？"咪咪非常小声地追问。

"嘘——"守门者再次示意她不要说话。

"这里难道一句话都不能说吗？"咪咪不满地低声说道。

守门者摇了摇头。

咪咪深深吐了一口气，把手塞进浴袍的口袋里。身旁的海莉看起来很苍白，她也把手塞进了连帽衫的口袋。口袋里有微弱的光透出来。咪咪转头再次看向宝座上的女巫。她们离宝座越近，就越发现女巫更加苍老。女巫到底可以活多久？咪咪若有所思地抚着浴袍的毛巾布料。

海莉观察着宝座边上那些物件。那些是给统治者的礼物吗，还是其他什么东西？应该很值钱？那些东西看起来像鞋拔子、瓶塞、地漏塞子之类的。海莉的目光停留在其中一个塞子上，它看起来特别眼熟，和怪物们用的塞子钥匙简直一模一样，就是女巫们放进蚂蚁窝里，运到地底下的那个。海莉偷偷地看了眼地面，上面没有蚂蚁。但是有一些信使。海莉观察到新飞进来的巨型蜻蜓是怎样像直升机一样，把脚上的瓶塞放到宝座边上的。

"谁来了？朝这边走过来的是什么人？"统治者用非常苍老而又虚弱的声音问道。

巨人守卫者在宝座前停了下来，用闷雷般的声音答道："三十八号守卫报到，我把森林南侧大门守门者带来了。它还带进来两个地面上来的生物和一个迷路的怪物。怪物现在已经被送回去了。"

"什么？守卫？"女巫用破碎的声音问道，"你是说两个从地面上来的生物，两个人类吗？"

"是的，她们看起来应该是人类。"

女巫似乎吃了一惊。

"往这边凑近一点，"她嘟囔道，"我看不清，也听不见。"

女巫弯下腰朝她们那边看去。她的眼睛是透明的浅色，皮肤像宣纸一样薄。大殿的墙边传来各种各样的脚步声，窸窸窣窣。那些在大殿墙边忙活的奇怪生物纷纷暂停了手中的事情，往宝座这边挪动脚步，好听一听这边发生了什么。

"你们确实像守卫说的那样，是从地上来到这里的人类吗？"统治者问道。

海莉看向咪咪，她站在那里，深深隐藏在兜帽里的脑袋用力点了点。咪咪肯定是又从浴袍那儿得到了指示。海莉转过身面向统治者回答道："是的，我们确实是从地面上来的人类。"

大殿里立刻充满了窃窃私语，好像海莉说了什么古怪的话。

"你们是怎么到这儿来的？"女巫用虚弱的声音问道。

海莉思考了片刻，她应该怎么回答呢？要是柯比在这里就好了，他肯定知道怎么回答。海莉不希望再次听到窃窃私语。

"呃，我用铲子挖了一个坑。"她迟疑地说。

"你说什么？大点儿声。"女巫说道。

"我说，我用铲子在地上挖了一个坑，然后从那儿进来的。"海莉喊道。

大殿里爆发出一阵大笑声。最起码比窃窃私语要好吧？海莉在心里想道。

但女巫显然对这个回答并不满意，她用很微弱的声音说道："用铲子是挖不到这里的。谁给你们开了门？"

"谁也没有。"海莉焦虑地答道。

女巫弯腰凑近海莉，"你隐瞒了什么秘密。"

"我没有！"海莉大叫道，"我借了我们公寓的公共铲子，挖了一个坑，谁都没有帮我的忙。有些人明明可以去帮忙的！一个人挖一整个大坑，实在是太困难的任务了！"

守门者小心地朝海莉使了一个眼色，她不吭声了。

"你们为什么要到这儿来？"女巫那虚弱的声音问道。

"我到这儿来找我的妹妹。喏，就是那个。"海莉说着，用手指向咪咪。咪咪用浴袍的帽子把头深深地罩了起来，看上去没有在听。海莉轻轻地推了推她的肩膀，咪咪吓了一跳，从帽子里抬起头来。她礼貌地向女巫点了点头，但什么也没说。真是古怪。海莉皱了皱眉头，继续说道："我的妹妹到这里找那个怪物，它现在肯定已经在自己的家里了。我的妹妹溜进了怪物们回来的大门，然后到地底下来了。"

大殿里又响起了窃窃私语声。老女巫弯腰凑得离海莉更近了。这老女巫一会儿肯定要摔到地上，变成一堆尘土。海莉在心里暗暗想道。但女巫却依旧牢牢地附在宝座上，追问道："你说怪物回来的大门，怪物是怎么打开大门的？"

"我不知道啊。"海莉迟疑地回答，"那天夜里太暗了，好像是和圆月有关吧。"

宝座旁边的女巫们你看看我，我看看你，仿佛在解读对方的想法。

统治者盯着海莉，问道："你的妹妹为什么要找怪物？"

"我怎么知道？"海莉耸了耸肩。

"我很想去它的家里看看。"咪咪清亮的声音意外地从兜帽中传来。

"你们是怪物实验中的孩子吗？"女巫虚弱地问道。

"当然是的。不过很遗憾，实验进展得很不顺利，发生了很多不愉快的事情。"咪咪答道。

"你指的是什么?"女巫问道。

"比如说,没有给我们指南,没让我们带怪物出去吃东西。而且为什么这一切要这么秘密地进行?"

"小云雀。"守门者警告似的低声提醒道。咪咪闭上了嘴巴。

老女巫似乎被激怒了。她想要站起来,但失败了,又重重地坐了下去,用破碎的声音说道:"这里有一个在怪物岛住了很久的人类,他让我们以为,怪物比看起来要聪明灵活很多。他对我们说,怪物值得信赖,而且能够学会很多它们根本不可能学会的事物,所以我们可以通过这些毫不起眼的愚蠢生物测试一下,我们能否在不被人类察觉的情况下到地面上去。这显然是个错误!轻信那个人类,真是一个错误的决定。而我最大的错误,就是很久以前允许他留在这里。"

女巫一次性说了太多话,开始不住地干咳起来。有个长得像水獭一样的家伙端着一个冒着热气的杯子,从暗处跑了过来。女巫接过杯子一口气喝完了。干咳停止了。女巫那锐利的眼睛看向海莉和咪咪,然后用虚弱的声音说道:"我所有错误的决定,都和人类以及地上的事情有关。"

"呃,我们早就决定要尽快离开这里,所以也不会打搅多久了。"海莉答道。

女巫摇了摇头，"不，你们得和第一个人类那样留在这里。我也不想把你们留下，但是我别无选择。不能让地上的任何人知道我们的存在。"

大殿里满是窃窃私语和窸窸窣窣的脚步声。守门者看起来很担心。

海莉愠怒地扯了扯咪咪的袖子，"咪咪，快把你的帽子拿下来。这里发生的事情，你有在听一句吗？我不要留在这里，我下周还有足球夏令营！而且妈妈肯定也不会同意我们留下来的，爸爸也不会允许的。我要回家！"

咪咪什么也没有回答。她站在海莉的身边，头微微低着，脸庞隐藏在兜帽里。海莉又推了推她的肩膀，仍然没有反应。咪咪到底怎么了？

"我要知道，是谁把大门打开的。"女巫用颤抖的声音问道，"我想肯定是你吧，森林南侧大门守门者。"

统治者那黯淡的眼睛看向守门者，守门者青棕色的皮肤这会儿已经变得十分苍白。

"不，不是我。我没有打开大门！"它看上去很惶恐。

"咪咪，醒一醒！"海莉小声呵斥咪咪，用力扯了扯她的袖子。她听见咪咪在兜帽里跟浴袍窃窃私语。

"现在吗？马上吗？啊？什么？相机在口袋里，应该是的。可为什么啊，我不懂。好吧，都一样。"

"你在干什么，咪咪，给我停下！不能换个时间跟浴袍说话吗？你到底有没有搞明白，现在是什么情况？"海莉生气地低声斥责道，再次拽了拽咪咪的袖子。

咪咪突然抬起头来看向海莉，把头上的帽子摘了下来。"你干什么老是在拽我？"她问道。

"快帮守门者说话，你这笨蛋！那个女巫头子诬陷守门者，说是它放我们进来的。"海莉爆发了。

咪咪惊讶地抬头看向女巫，她正在用责怪的语气颤抖地说话。

"森林南侧大门守门者，你为什么不守在自己的门边？"女巫问道。

"因为我送怪物和这两个人类孩子到这里来了。"守门者答道，"我们的职责手册上写了，如果来这里的人迷路了，我们……"

女巫打断了守门者的话："是不是你给这些人类开了门，让她们到地底下来的？"女巫问道。

"当然没有。"守门者惶恐地说道，"她们是自己来的，我只是找到了她们。我当然知道，守门者不能给地上的人开门，让他们到地底来。而且我连钥匙都没有！"

"说不定你是在说谎呢。有时候守门者还会用别的方法把门打开。"

"我真的不会！"守门者委屈地大叫，百口莫辩。

"快说点什么！"海莉低声对咪咪说。

咪咪紧紧地盯着海莉的眼睛说道："我和浴袍想出了一个办法。虽然有点疯狂，但应该有用。现在就开始了。"

"开什么玩笑！守门者的处境真的很危险了！"海莉不满地低声咆哮。

咪咪没有理会海莉，又把帽子戴在头上，双手插兜。

"我拿到它了。"咪咪咕哝着，"我现在就把它拿出来吗？嗯，好的。"

海莉不可置信地看着咪咪，她把妈妈的相机从口袋里掏出来，尽可能地高高举起。然后她开始按快门，闪光灯不停闪烁着，惊恐的尖叫从大殿的四面八方传来。

"嘿，你们听得见我说话吗！所有人，能不能安静一会儿！"咪咪大喊道，"我有件重要的事情！"

海莉震惊地看着这一切，咪咪是疯了吗？

"你有什么事吗？"老女巫诧异地问道。

"当然有，不然我不会这么说的。"咪咪回答。

"是什么事情？"女巫问道。

"等一下，首先我……呃，什么来着……哦对，我要保护你们，在场的所有人！在原地不要动，这样你们才是安全的！"咪咪喊道。

她再次把相机举起来，开心地把大殿每个角落都拍了照片。闪光灯每闪烁一次，大殿里就响起一次尖叫声。

"这也太疯狂了。"海莉咕哝道。

"很好，现在你们都安全了。"咪咪高兴地喊完，就把相机揣回口袋里。她感觉到相机立马就在口袋底部晃动，然后消失了。哦嚯，妈妈可能会被这些照片吓到，但是现在也没办法了。浴袍要求咪咪打开闪光灯按动快门，它认为这是让所有人安静下来听咪咪说话的唯一办法。

"怎么个安全法子？"女巫怀疑地斥责道，"那个闪烁的东西是什么？"

"它就是个魔法机器。我保护了你们所有人，你不明白吗？"咪咪含糊其词地答道，"我们地上的人，都是用这种方式获得保护的，对吧，海莉？"

海莉有些迟疑地点了点头。

"现在，你们都看好了。"咪咪把那些奇怪的观众挨个看了一遍，它们都在紧张地盯着她。咪咪把浴袍脱了下来，放在了脚边。她只穿着睡衣站在浴袍的旁边，用低低的声音说道："好了，现在一切准备完毕了。"

什么也没有发生。

"啊？什么？"咪咪小声问道，朝浴袍那边弯下腰来。接着，她站直身体，像魔术师一样挥动着手臂，像马戏团团长一样喊道："伟大的浴袍啊！起来吧！像以往那样独立行走吧！"

海莉不可置信地摇了摇头。还是什么都没有发生。

大殿里不同寻常的安静中夹杂着焦灼的等待。咪咪的耳朵开始发烫。跟以前一样，浴袍突然伸懒腰般地张开袖子，慢慢站了起来。它抖了抖自己的身体，兜帽也竖了起来。它优雅地转身，朝咪咪微微鞠躬示意。而后，浴袍转身朝着统治者的方向，非常礼貌地鞠了一躬。大殿里顿时充满了惊讶的窃窃私语。海莉摇了摇头。

"这是什么情况？"老女巫不可置信地问道。

浴袍对咪咪说道："现在听好了，小朋友。只有你能听到我说话。一字不漏地重复下面我对你说的话。"

咪咪点了点头。

"不要点头，"浴袍说道，"好了，你这么说：伟大精神有重要的事情。"

"伟大精神有重要的事情！"咪咪一边宣布，一边瞥了眼浴袍。它像伟大精神那样移动着，仅仅靠挥动袖子的动作，就引起了大殿里一阵阵惊恐与敬畏。

浴袍接着说道："你这样说：从地面来的浴袍伟大精神，向你们这些朋友们问好。"

咪咪用十分开心的语气重复道："从地面来的浴袍伟大精神，向你们这些朋友们问好。"

老女巫看起来很吃惊。

浴袍挥动着袖子接着说："现在这么说：伟大精神说，这些孩子在地面时很喜欢怪物。我，伟大精神，把她们送到地下作为回访。她们必须把生病的怪物送回家，送回它自己的家。所以我为她们开了门，森林南侧大门守门者毫无责任。但是现在，这些人类必须回到地上了。"

咪咪又开心地重复了一遍伟大精神的话。

"怪物生什么病了？"女巫尖锐地问道。

"呃，它有点太干净了。"咪咪一边回答，一边模棱两可地挥了挥手，"它得去泥地里好好打滚。现在它已经恢复健康了。"

"伟大精神这样说的吗？"女巫质疑这话的真实性。

"不是，是我说的。"咪咪回答道。

浴袍庄严地朝女巫的宝座那边迈了几步。

"现在你这么说：这些人类回到自己的家里后，她们不会对任何人提起地下的事情，我可以担保。"

"伟大精神说了什么？"女巫问道。

"这些人类，也就是我们，回到自己的家里后，不会对任何人提起地下的事情。浴袍可以为此担保。"咪咪重复道。

"人类的担保并不可信。"女巫不信任地说。

"但伟大精神的担保可以！"咪咪保证道。

咪咪转身问浴袍道："现在还有什么要说的吗？"

浴袍朝女巫鞠了一躬，说了一句非常奇怪的话。

咪咪点了点头，说道："伟大精神说，最好立马按照我们的意愿，把我们送回自己的家里去。"

"是吗？"女巫嗤笑一声，"为什么送你们回家这件事，对伟大精神来说如此重要呢？"

咪咪询问地看向浴袍，然后仔细倾听。她的脸上慢慢有了怒色。

"啊？什么？这话也太难听了，知道吗？"

"伟大精神怎么说的？"女巫不耐烦地问。

咪咪瞥了一眼浴袍，然后开口道："伟大精神说，我们会给地下世界带来很大的危险，所以要赶紧把我们送回去。如果我们留在了这里，你关于人类的错误决定将会像发酵的面团一样不断膨胀！"

"什么危险？"女巫问道。

浴袍用衣袖做着手势，然后对咪咪说道："你告诉她：如果不把人类的孩子送回她们的家里，其他地面上的人类就会到这里来找孩子。他们会不断寻找，直到把孩子找到，这样就会有很多人类到这里来。"

咪咪重复了浴袍的话。女巫沉默了片刻，若有所思。她那双黯淡的眼睛来回看向咪咪和浴袍，充满怀疑。

"尊敬的来自地上的伟大精神，"女巫开口道，"你说的话确实能让人信服，听起来很有道理。我们也不希望把人类留在这里。但是我之前从来没有听说过你，这里的任何人，都没有听说过你。万一你不是从地上来的伟大精神怎么办呢？我认为，求证一下真实性，应该不算唐突吧。"

"当然不会。"咪咪不太确定地保证道。浴袍也配合着模棱两可地晃动着兜帽。

女巫点了点头。

　　"那好。浴袍伟大精神说是它开的大门，我想再次见识一下。只要浴袍伟大精神能够找到回到地上的路线，不需要钥匙就打开大门，我就同意放你们走。这应该不算什么过分的要求，毕竟浴袍伟大精神之前已经做过一次了。浴袍伟大精神得在天黑之前完成这件事，如果夜幕降临后这两个人类还没有离开，那她们就要永远留在这里。"

　　咪咪和海莉同时万分担心地看向浴袍。

　　"可以吗？"咪咪问道。

　　"呵，当然。"浴袍自信地说道，"她以为所有的通道都已经关闭了，事实并非如此。等会儿，别把这句话说出来！你这样说：伟大精神同意了！"

"伟大精神同意了！"咪咪高兴地宣布道。

老女巫点了点她那白发苍苍的脑袋，然后她用枯瘦的手疲惫地做了个手势，"守卫，把她们带出大殿，放她们自由。"

第二十四章　出乎意料的谈话

咪咪坐在怪物的怀里，在它摇晃着的沉重的脚步下前进。她越过毛茸茸的肩膀往后看去，格拉身后紧跟着海莉，浴袍自己轻轻松松地并排走在海莉身旁，画面有些古怪。海莉不时瞥两眼浴袍，还是觉得不可思议，它真的可以自己走路。守门者一摇一摆地走在队伍的最后，嘴里不停地念叨着。

"必须赶在天黑前，"它重复念叨着，"要是小云雀的衣服找不到回去的通道怎么办？那我就成罪魁祸首了，我就要承受无端的指责！必须在天黑之前离开，可我们都不知道，这儿到底什么时候开始天黑。"

"你能不能安静一会儿？你说的话真的很让人烦躁！"海莉请求道。

"别担心，守门者。"咪咪越过格拉的肩头说道，"不需要很久的，浴袍说，我们找到茹纳尔后就立马出发。而且格拉会在森林等待我们，如果茹纳尔还有什么东西要带着，格拉可以帮忙运东西，很方便的。"

"是对你来说很方便吧。"海莉咕哝道。

她们走到了森林的尽头，面前是一片沙滩。还有一小段路程就到达怪物岛了，但有什么东西好像不一样了。她们惊讶地环顾四周。

"桥去哪儿了？"咪咪问道。

"我们是不是走错路了？不是这个沙滩？"海莉猜测道。

"不是。是女巫们把桥带走了。"守门者语气沉重地说道。

格拉低低地发出咕噜着。

"怎么有人能把桥带走？"咪咪不可置信地叫道。

"那不是真正的桥，是女巫们的桥，她们可以随意把它带走。她们肯定是想要拖慢我们的速度，测试我们的能力。"守门者叹了口气。

"呃，那我们现在要怎么过去？游过去吗？"海莉问道。

格拉再次发出咕噜声，把咪咪扛到自己肩头，像扛起一捆卷起来的地毯那样，深一脚浅一脚地朝怪物岛那边走去。

"天哪，你这个傻怪物！"咪咪咯咯笑道，"要是水突然变深了怎么办？"

"喂！那我们呢？谁把我们扛过去？"海莉气急败坏地喊道。

"你可以游泳过来呀，你游泳那么厉害！"咪咪高兴地喊道，"但是浴袍不能游泳，它的吸水性太好了，要是它游泳，肯定会沉下去的。"

"别担心，小朋友，我就留在这里。"浴袍对咪咪喊道，"我得和你的姐姐聊一会儿。"

"你说什么？"咪咪听不清，大声问道。

"我说，你真是太愚蠢了，把我们丢在这儿！"海莉对那边喊道，她生气地用尽全力把一颗颗石子踢飞。

守门者心事重重地看向怪物岛的方向。浴袍则笔直地坐在沙滩上。踢了一会儿石子后，海莉在浴袍身边坐了下来。

"咳，那就等着吧。我现在也不想去怪物岛那边了。"海莉哼了一声。

守门者清了清嗓子，开口道："我去观察一下附近的情况，我不能干坐着，等待夜晚的到来。"

海莉耸了耸肩。"随便你呗，别迷路就行。"她说道。

"守门者不会迷路的。"守门者说着，就转身离开了。

海莉看向湖面，格拉那宽阔的后背已经离得很远了。它和咪咪已经快要上岸到达怪物岛了。水肯定不深，看来深一脚浅一脚就能蹚过去。格拉是准备把茹纳尔也这样背回来吗？

突然，浴袍碰了碰海莉的手腕，海莉抬起头来。浴袍用袖子指了指岸边的一个大石堆。

"那是什么？"海莉问道。

浴袍轻飘飘地起身，迈着大步朝石堆那边走去，风把它吹得鼓鼓囊囊的。到那边后，它转身朝海莉挥了挥袖子，消失在石堆后面。

"什么东西？"海莉咕哝着。她笨拙地从沙滩上起身，朝着浴袍走了过去。她迟疑地朝石堆后面看了一眼，浴袍正站在那里等着她呢。空荡荡的兜帽赞许地朝海莉点了点头，它挥动着袖子，像是在说：快到这儿来！

海莉来到石堆后面，浴袍又立刻继续往前走。它晃动着蓝色的衣摆轻松地走到石堆的另一侧，飞快地朝外面瞥了一眼。随后，它站直了身子，再次朝海莉挥手。海莉走到它的身边，也快速朝外面看了看。

海莉看到了一片高大的芦苇丛，一直延伸到很远的水中去。芦苇奇怪地晃动着，沙沙作响。那儿是有什么动物吗？海莉眯了眯眼睛。她不是很喜欢这里的动物。芦苇丛中有红色和绿色的什么东西在动。突然，红袍女巫从芦苇中走了出来。她手里拿着什么长长的东西，就像是用深色树木做成的鞋拔子一样。海莉在统治者的宝座旁边见过类似的东西。女巫转过身去，把鞋拔子递向身后。

绿色袖子的手从芦苇中伸出来，抓住了鞋拔子。红袍女巫没有放手，两个女巫同时抓住那个鞋拔子。就在一瞬间，两个女巫像火里的灰烬一般，消失不见了。芦苇丛平静下来，海莉惊得下巴都快掉了。

"怎么回事？那里是有一道门吗？"她低声问道。

浴袍点了点头。

"通向哪里？"海莉又问。

浴袍用空荡荡的袖子指向海莉，然后指了指上面，接着又指向海莉。

"它通向地上的家里，对吗？"海莉小声问道。

浴袍点了点头。女巫们又突然出现了，站在芦苇丛旁边。现在灰色衣服的女巫也来了，鞋拔子在她的手里。女巫们似乎是在交谈。灰色衣服的女巫把鞋拔子递给了红衣服的女巫。

"她们用那个鞋拔子干什么？"海莉好奇道。

浴袍摇了摇头。

"那不是鞋拔子吗？"海莉问。

浴袍又摇了摇头。

"所以是什么？"

浴袍伸出袖子，在面前比画了一个小小的旋转动作。

"这是什么意思？"海莉不解。

浴袍继续比画着，一次又一次，海莉突然明白了。

"钥匙！"她兴奋地低声说道，"鞋拔子是那扇大门的

钥匙！"

浴袍赞许地点了点头。

"她们是不是准备把钥匙藏起来，这样我们就没办法通过大门了？"海莉问道。

浴袍点点头。

"我们得找到另一个大门。"海莉说道。

浴袍摇了摇头，用袖子指了指芦苇丛。

"什么？必须从那个大门出去吗？为什么？"海莉不解地问。

浴袍摊开袖子，耸了耸肩。

"这样吗？"海莉说道。

浴袍把袖子举到兜帽前面，做出嘘声的动作，海莉会意地闭上了嘴。女巫们离开了芦苇丛。她们朝着森林边缘飘去，在那儿停了下来。红衣服的女巫弯下腰，张开手指让鞋拔子掉了下去。

"等会儿，她做的事情看起来好眼熟啊。"海莉低声说道。

女巫们刚消失在森林里，海莉就跑了出来。她飞奔着跑过沙滩来到森林边上。跟她猜的一模一样，被苔藓覆盖着的蓝色树木底下，有一个高耸的蚂蚁穴，女巫把钥匙放了进去。大门的钥匙肯定在这附近什么地方被快速运走。但是哪里都没有动静，甚至连蚂蚁队伍都没有。蚂蚁们看上去跟地面上的一样，它们似乎并不着急离开

巢穴，它们可能属于比较懒惰的类型吧。巢穴看起来乱糟糟的，上面散落着各种各样的垃圾，还有皱巴巴的纸张。真奇怪，蚂蚁竟然把垃圾都搬到巢穴里去了。

　　海莉仔细搜寻的目光停在了巢穴正中间，那里有一块折起来的纸。它看上去很眼熟。海莉弯腰凑近它。她不敢用手去拿，但还是认出了那张纸。那上面是她画的一家人。很显然，这就是之前她跟柯比给咪咪传送消息的那张纸。

突然，有个长着翅膀的小家伙落在了蚂蚁穴上，海莉吓了一跳，赶紧向后退了一步。但这小家伙丝毫没注意到海莉，只是用它的脚抓住了一根弯弯曲曲的树根，然后"嗖"地一下飞走了。

海莉轻轻地吹了声口哨。这里肯定就是蚂蚁邮局在地下的总部吧。这些东西都是从地上传送过来的。不过，女巫的鞋拔子去哪儿了呢？

海莉看了看蚂蚁穴周围，哪里都没见到逃跑的钥匙。

"你是在找这个吗？小云雀的姐姐？"守门者从树后面探出头来，朝海莉晃了晃手中的钥匙。

"对，就是这个！"海莉高兴地喊道。

守门者把钥匙递给了海莉。"拿着，把它藏起来，因为我其实是不可以帮你们拿到钥匙的。要是被别人知道了……"守门者飞快地说着，担心地摇了摇头，"幸好蚂蚁不会说话。"

"谁都不会知道的。"海莉快速说完，把鞋拔子滑进连帽衫的袖子里。

守门者点了点头。

"你们要万事小心。女巫们肯定会发现钥匙没有被送回去。我现在得去一些地下居民聚集的地方，傍晚时在它们眼皮子底下转悠，这样能摆脱嫌疑，谁也不能指责是我帮了你们。这样我就能够安稳地回到自己的门前，继续守门。代我向小云雀好好道别，我会想念你们的。也许未来某天，我们还能在那条通道再见面。"守门者说道。

海莉看着守门者青棕色的脸庞，长长的头发披风，还有那双深色的小眼睛，想要找点合适的话告别。唉！她真不擅长这一套，还是咪咪自己跟守门者告别比较好。

"那，再见了！"海莉含糊地说着，朝守门者挥了挥手。手指头的光微微闪烁着。

守门者也挥了挥手作为回应，然后转身沿着森林间的小路离开，直到消失不见。

海莉咧了咧嘴，也转过身，跑回浴袍那里。浴袍直直地坐在石头后面的沙滩上，它抬起兜帽，似乎在看海莉。

"我拿到了钥匙，呃，准确来说，是守门者拿到的。"海莉把袖子里的鞋拔子掏出来给浴袍看。

浴袍赞许地点了点头。

"要不我们现在去研究一下，看看钥匙是怎么用的？"海莉问道。

浴袍摇了摇它的兜帽，用袖子拍了拍自己身边的沙滩。

"啊？现在就只能干等着吗？"海莉失望地问道。

浴袍点了点头。它用袖子指了指怪物岛的方向。海莉点了点头，她当然明白，得等咪咪和茹纳尔过来才行。

浴袍举起袖子指向天空。明亮的云朵在天上各处飘动着，没办法判断出现在到底是早晨、中午，还是傍晚。

"傍晚什么时候来临呢？"海莉问道。

浴袍耸了耸肩。

"那我们就等着吧。"海莉没再继续问，在沙滩上坐了下来。

第二十五章　逃离

格拉小心翼翼地把咪咪放在沙滩上。咪咪打了个喷嚏。

"你看，睡椅上全都是泥。"咪咪说着，再次打了个喷嚏，"你刚刚就非得在岸边的烂泥里打滚不可吗？"

格拉小声地咕噜着，是那种满足的咕噜声。

附近传来微弱的声音："嘘——快到这里来！"

咪咪四下看了看。"浴袍，你在哪儿呀？"她低声问道。

蓝色的袖子从石堆后面伸出来，朝这边挥挥。咪咪牵起格拉的手往那边走。

"天哪，你的手上也全都是泥。不过也没关系，走吧。"

浴袍站在石头后面，对咪咪点头示意。海莉百无聊赖地在沙滩上坐着，看起来耐心快耗尽了。看到咪咪后，她"噌"地一下跳起来。

"终于来了！你们怎么磨蹭这么久？"海莉不满地问道。

"呃，得处理各种各样的事情呀。你们为什么坐在这里？是在这儿躲着吗？"咪咪问道。

海莉翻了个白眼。"差不多吧。我不懂浴袍的意思，它一直在挥动袖子。茹纳尔去哪儿了？"

"在那边。"咪咪说着，朝岸边指了指，咯咯笑了起来。

"茹纳尔的东西真是太多了！我以为我们已经把所有的东西通过浴袍运走了，但茹纳尔又觉得还有很多东西也很重要。他得乘着那种小筏子过来，但愿女巫们没看见。哦对了，茹纳尔还说夜晚马上就要到了，我们得抓紧时间。"

海莉抬头看了眼天空，这会儿的天色还是跟之前一样明亮。"茹纳尔怎么知道夜晚要到了？"她问道。

"呃，通过什么东西判断的吧！"咪咪回答，"守门者到哪儿去了？我们走之前得跟它好好道别一下。"

"啊对，守门者让我代它向你告别，有几句话要送你。"海莉说道。

"什么话？"咪咪问道。

"呃，差不多就是以后会在路上相遇之类的，我已经忘了。它得赶紧离开这儿。"

　　"守门者去哪儿了？它不准备来跟我道别吗？"咪咪失望地问。

　　"它不能来，明白吗？它得去人多的地方，好让别人都看见它，这样就没有人能指责它，说它帮了我们。"海莉答道。

　　咪咪看起来很伤心。她看向格拉，开口道："还好你还在这里，你这大泥块！"

　　格拉低低地咕噜着，作为回应。

　　石堆后面传来拖拽东西的声音。

　　"茹纳尔！"咪咪开心地说着，赶紧跑了过去。

　　茹纳尔正拖着那些用芦苇编制成的麻袋。把东西拖到石堆这边后，他靠着拐杖，擦了擦额头的汗水。看到浴袍后，他惊得瞪大了眼睛。

"它会走路！"他佩服地说道。

"当然，它还会说话呢。"咪咪自豪地回答。

"真的吗？"茹纳尔感兴趣地问道，"它可以说点什么吗？哦，还是回头再说吧，回头再说。现在我们得赶时间。快到傍晚了，我还想传送几样非常重要的东西到地面上。"

"噢，几样东西？"海莉盯着茹纳尔的麻袋问道。

"这些会不会太多了？"茹纳尔担心地问。

"当然不会。浴袍说了，我们已经找到回去的路了，而且海莉有钥匙。"咪咪说道。

"真的吗？这可真是个天大的好消息！"茹纳尔说道。

他把最大的麻袋拖到浴袍旁边，在咪咪的帮助下，把东西一件件地放进口袋里。

"这麻袋里都是些什么啊？"海莉问道。

"这些是我多年来收藏的自然标本。也许你们的兄弟跟我一样对它们非常感兴趣。"茹纳尔解释道。

海莉点了点头。柯比确实对树根、苔藓、树叶和小石子特别痴迷。

茹纳尔接着说："不过，现在你们来跟我说说路线的事情吧。在黑夜降临前把该弄清楚的事情都弄清楚，还是很有必要的。"

"你们可以安静一会儿吗？不然我听不清浴袍在跟我说什么。"咪咪请求道。

"它开始说话了吗？"茹纳尔感兴趣地问道，手上传送东西的动作也停了下来。

"嘘——"咪咪再次请求道。茹纳尔点了点头，继续把标本一个接一个地放进浴袍口袋里。

沉默了好一会儿后，咪咪开口道："好啦。浴袍说，大门在那边的芦苇丛里，海莉有钥匙。但是女巫们还在门上加了一个额外的锁。"

"额外的锁是什么情况！太不公平了。"海莉咕哝道。

咪咪又静静地听了一会儿，表情轻松了很多。

"啊哈！那个额外的锁只是一个封印魔法，没有什么实际影响的。"

"为什么会没有影响？"茹纳尔怀疑地问道，"我从来没听说过，女巫的封印魔法可以被随意破解。"

"嘘嘘——"咪咪示意大家安静，接着仔细听。

"啊哈，原来是这样！浴袍说，封印魔法有很多种，这个不是常见的那种。因为女巫不知道，我们也有钥匙。这个封印魔法会随着时间的推移慢慢变弱，等到黑夜降临时它就完全消失了。"

"可我们得在天黑前离开啊，那个老女巫不是这么说的吗？"海莉不满地说道。

咪咪看向浴袍，哈哈大笑起来。"你在那一连串说了一大堆，海莉压根儿就没有明白！"

"怎么没有明白？"海莉受伤地说道，"我当然明白。我比你大了不知道多少！它说什么了？"

咪咪转了转眼珠子，说道："我也可以复述一下。浴袍是这样说的：什么时候白天结束了，什么时候夜晚才开始。什么时候天上最后一颗光点慢慢褪色然后飞走呀？"

海莉皱了皱额头。这说的都是哪儿跟哪儿呀！

"现在你明白了吗？"咪咪问道。

茹纳尔点了点头。"确实是这样的。"他一边说着，一边把新的树根和叶子以及标本瓶子塞进浴袍的口袋里。

"什么意思啊？"海莉问道。

"浴袍说得没错。天色一点点变暗，变暗，但是仍然没到夜晚。只有最后一个小亮点从天空飞下来，这里的夜晚才算降临。"

咪咪再次看向浴袍，表情变得有些犹豫。

"它又说什么了？"海莉问道。但咪咪只是盯着浴袍。

"听起来有点难，我不知道格拉会不会答应。"她说道。

"答应什么？"海莉不耐烦地问道，"快告诉我们！"

咪咪好脾气地看了眼海莉。

"你之前可是对浴袍说了什么，一点儿也不感兴趣哦。"

"现在我感兴趣了，你快说！"海莉催促道。

"好嘛，我说，我说。"咪咪开口道，"浴袍说，我们得在那道门旁边藏起来，在那里静悄悄地等待，一直到夜晚快要来临的时候。我们要一直等待着，直到几乎所有的光点都从天上飞走，只剩下几个的时候。光亮越少，封印魔法就越弱。当光亮几乎全部消失的时候，魔法也几乎失效，那时我们就可以通过那道门。我们有钥匙，我们人很多，而且我们还有浴袍的帮助。"

"为什么我们要躲起来？"海莉又问。

"因为据说有个女巫已经发现，大门的钥匙没有被送回去。她们已经出发去找钥匙了。如果她们找到这里来，我们不能被她们看见。"咪咪回答说。

"那我们要去哪儿躲起来？这里吗？"海莉一边问，一边打量着身边的石堆。光线明显暗了许多，那些石堆突然间变得黑洞洞的，十分诡异。海莉想要用手指照亮它们，但这样的努力在深邃的黑暗面前显得很苍白。

"稍等一下，浴袍还有建议。"咪咪说着，又仔细听了一会儿。

"好的，"咪咪再次开口道，"那道门是这样穿过去的：我们得紧紧抓住彼此的手，如果谁没抓紧，就会坠落到别的地方去。"

"为什么是坠落？"海莉问道。

咪咪含糊地挥了挥手，"我也不知道，但那道门是快速路线。我觉得这样很方便，我们不用再穿过那些地道和洞穴了。"

"那太好了。"茹纳尔说道，"我们会牢牢抓住彼此的。但是，我们要藏到哪儿去呢？"

咪咪看了一眼格拉，它像个大黑影，正站在咪咪的旁边四下查看。

咪咪牵起格拉的手，问道："格拉，浴袍问，你能不能抖落很多很多的灰尘，让我们所有人都躲进去？但是你自己不能留在这里，不然你会陷入麻烦的。那些女巫可能会到这里来，不能让她们看见你。"

格拉用那双黄黄的大眼睛看向咪咪，但没做任何表示。

"可以这样做吗？"海莉询问地看向茹纳尔。

茹纳尔看上去也不是很确定。"我从来没有见过这种操作，但或许能成功，最起码能保持一段时间吧。如果不刮风，大家都静止不动，而且怪物尘得足够多。"

"是不是还得憋住不打喷嚏？"海莉很担心这个。

"打喷嚏没关系的。"茹纳尔说道。

"格拉，你觉得可以吗？"咪咪轻轻握紧格拉的手，小声问道。怪物低声哼了哼，看向咪咪的眼睛，点了点头。

"应该能成功吧。"海莉咕哝道。

浴袍抬起一只袖子指了指上面，仰起兜帽看向天空。

"怎么了？"咪咪一边问，一边也随着兜帽的方向仰头看去。天空看起来和刚刚不太一样。发光的云朵已经变成一个个小亮点散落在天空，那些亮点在空中慢悠悠地飘荡着。但定睛看去，就会发现四处都有光线飞速划过，然后消失不见。那些小亮点一个接着一个，从天上飞了下来。

"天色已经开始越来越暗了，我们动身去门那边吧？"茹纳尔问道。

浴袍点了点头。

"这个可能就只能留在这儿了。"茹纳尔说着，惋惜地拍了拍最后一个鼓鼓囊囊的麻袋。

浴袍抱歉地点了点头，转身对咪咪说了点什么。

"当然啦。"咪咪答道。她轻轻地把浴袍抱进怀里，然后把它穿在身上。之后，她一只手牵起海莉，另一只手牵起茹纳尔。

"走吧。"咪咪低声对格拉说，"哦对啦，有人知道应该往哪边走吗？"

"我知道。"海莉答道，"而且钥匙也在我的袖子里。你能不能再问一下浴袍，那个钥匙是怎么用的？"

"我已经搞清楚啦，它很方便的！"咪咪高兴地说，"把它像石头一样扔向大门就可以了。不过浴袍说，我们现在得赶紧走，因为有人要过来了。"

海莉领着他们穿过黑暗，来到了芦苇丛边。大门的位置很好找，因为女巫们已经把门周围的芦苇都踩平了。

"就在这里。"海莉说道。

"浴袍说，得再往后退三步。"咪咪提醒道。

海莉往后退了三步，咪咪和茹纳尔跟着后退。

"现在就完美了。"咪咪说完，询问地看向怪物，"格拉，请把我们藏起来好吗？"

格拉走到他们面前。它的下巴紧贴着深色的胸膛，开始抖动，起初很慢，渐渐加速，越来越快。黑色的烟雾状小颗粒从它的毛发上升腾起来，不断上升、上升，然后消失在空气里。格拉向旁边挪了一步，重复了刚刚的动作。慢慢地，它绕着咪咪、海莉和茹纳尔转了整整一圈。

"我们现在是不是已经隐身了？"海莉看了看四周，低声问道。她没办法判断出来，因为周围的一切看起来都和之前没什么区别。

"嘘——"咪咪小声示意她安静。咪咪知道，格拉已经看不见他们了，但她仍然隔着怪物尘，深情看向格拉那黄色的大眼睛。格拉发出低低的咕噜声。它转身看了一眼森林那边，似乎是听见了什么动静，就赶紧离开了。动作迅速但是悄无声息，很快它就消失在朦胧的夜色里。

海莉紧紧地抓住咪咪的手，希望自己"怦怦"的心跳声不要太响。森林那边果然来了一队女巫，一共五个，正朝他们这边走来。正中间的是统治者女巫，她裹着披风坐在软垫椅子上，被两个巨人一样的家伙抬着，四个女巫簇拥保护着她。

"她们要来了，现在起不要出声。"浴袍在咪咪耳边低语道。

咪咪紧紧抿住双唇。

那几个女巫越来越近了。她们谁也没有发现，大门旁边有三个人类在等待着。格拉成功了！

不一会儿，女巫一行已经近在咫尺，差点儿就要碰到茹纳尔的手臂。咪咪看了眼茹纳尔，老人紧张得屏住了呼吸。

女巫们用她们自己的语言低声交谈着，时不时抬头看向天空。她们也在等待夜晚的来临。咪咪抬眼看向天空，那些小亮点比刚刚又少了一些。黑暗马上就要笼罩住一切。不断有新的亮点从天上匆匆飞下来。

浴袍在咪咪耳边小声说道："不要瞎担心！再过一小会儿，封印魔法就足够弱了。那时候，我们就一起跳下去。你得告诉你的姐姐，什么时候把钥匙扔下去。我已经发现了，我跟她一点儿都合不来，她的脾气实在是太臭了。"

咪咪转了转眼珠子，没有说话。

他们接着继续等待。有几个女巫沿着湖岸一路检查，其中一个大声呼喊着什么，她们发现了茹纳尔的麻袋，一起研究起来。夜色越来越暗了。

"现在可以了。"浴袍在咪咪耳边低声说道,"需要钥匙。"

咪咪放开了海莉的手,碰了碰她的袖子。海莉当即就明白了咪咪的意思。她把鞋拔子一样的钥匙从袖子里滑出来,询问地看向咪咪。

"再等几秒钟。"浴袍低声说道,"再等几秒钟,再等一等……就现在!"

咪咪朝海莉点了点头。海莉转身面向大门的方向,快速把钥匙扔到芦苇丛里,动作坚定而又精准。然后,她牢牢抓紧咪咪的手。

"就现在,跳!"浴袍喊道。

"跳!"咪咪低声说完,他们就一起跳了下去。他们直接跳进芦苇丛里,那里从远处看可能像门,或者门洞,或者大坑,但实际上里面什么也没有。他们只来得及听见女巫们的尖叫声和飞奔的脚步声,就掉进了面前敞开的深渊里。

"成功了!大家抓紧喽!"海莉欢呼道。

他们的身体被高速地推动着。海莉突然意识到,他们可能是在向上飞去,而不是向下掉落。这是真的吗?我们的家是在上面,不是下面呀。海莉这样想着,笑了起来。

"现在我们要回家啦!"她大声喊着,哈哈大笑,"好久没回家啦,真是太神奇了!"

"是呀！"咪咪尖叫道，"别松手，茹纳尔！不用坚持很久的！"

似乎是突然之间，旅途就结束了。摇摇晃晃的飞行突然停止，他们跌落在一个又软又硬的地方。

"哎哟！我们这是在什么地方？"海莉闭着眼睛大喊着，把自己面前尖尖的什么东西推到一旁。

"往旁边挪一点。"咪咪用闷闷的声音请求道，"这里太挤啦，灌木戳到我的背了。"

海莉睁开眼睛看了看周围，他们真的跌落在草坪旁的灌木篱笆上了。这里离家特别近，所有的一切都再熟悉不过了。

"真是太不可思议了。"海莉说着，爬出灌木丛，"真的成功了！"

她看向灌木丛下的地面，那里再平常不过了，没有坑，没有裂缝，一丁点儿与地下大门相关的迹象都没有。

"当然会成功啦。"咪咪说着，也爬出了灌木丛，"茹纳尔，你自己能不能从那儿出来？拐杖还是好的吗？"

"当然，没问题的。"茹纳尔答道。他那满是白发的脑袋从灌木丛中探出来。苍老的浅色眼睛惊讶地转了转。"天哪，我认识这里。不过那些苹果树哪儿去了？"他喃喃自语道。

"这儿根本没有什么苹果树。"海莉答道。

"可能是谁把它们砍掉了吧。"咪咪友好地猜测道，她朝茹纳尔伸出手要帮他。"海莉，快过来帮一把茹纳尔！拿着他的拐杖。"

海莉把微微发光的手伸向茹纳尔。他在地底世界的穿着、长长的白发乃至整个人都泛着的微微的绿色，使他看起来古怪极了，好像马上要去化装舞会一样。

"我们住在那座白色的公寓楼里。"海莉用手指了指灌木丛后面的房子。

"天哪，我的房子不见了。"茹纳尔转动着他的脑袋，朝每个方向都仔细看了看。

"你以前的房子也在这里吗？"咪咪问道。

"对的，就在那座石墙的旁边。"茹纳尔说着，用手指了指。

"那里是我们的前院！"咪咪喊道，咯咯笑了起来，"我们现在就回家吧，我想把茹纳尔介绍给柯比！"

他们朝房子那边走去。

一路上，茹纳尔不停地四下打量着，看起来特别惊讶。"这里的一切都变了样，但我还是能认出来。"

"快过来吧！"咪咪催促着，一把拉过茹纳尔的手。

楼下的密码也和以前一样，电梯已经在等着了。茹纳尔跟在海莉后面，有些迟疑，咪咪把他推进了电梯，然后按下了五层的按钮。

"你们住在现代化的楼房里，还有斗式升降机。"茹纳尔饶有兴趣地说道。

"啥？"海莉问。

"我之前也乘坐过这种设备，但跟这个不太一样。"茹纳尔接着说。

"差不多吧，反正我们已经到了。"海莉开心不已。

"是哪个门？"他们从电梯出来，茹纳尔问。

"这个！"咪咪说着，用手连续按了很多次门铃，虽然她知道，妈妈很不喜欢这样。

屋里有急促的脚步声传来，接着，门开了。

妈妈一开始好像没办法说出话来，她只是张大了嘴巴深深地喘气，像一条搁浅的鱼一样。然后，她突然喊道："你们回来了！我亲爱的孩子们！快，快进来，让妈妈好好抱抱你们！你们在哪儿弄得这么脏！"

咪咪和海莉冲进妈妈的怀里，用尽全力抱紧了妈妈。眼泪顺着妈妈的脸颊流了下来。

"你们两个亲爱的、脏兮兮的傻孩子。"妈妈把脸埋进咪咪和海莉的头发中喃喃念叨着。

柯比和爸爸从妈妈身后探出头来。柯比的目光停在那白发苍苍、浑身发绿的老人身上。

"请允许我介绍一下自己，"老人礼貌地开口，朝他们鞠了一躬，"我是……"

"茹纳尔·卡利。"柯比激动地深吸了一口气。他从紧紧相拥的母女三人旁边挤过去，紧张地向茹纳尔伸出微微颤抖的右手。

"一点儿没错，我是茹纳尔·卡利。我猜，你是这两个孩子的兄弟柯比，对吗？"

"是的，我是柯比。"柯比两眼放光地答道。

"我听说，我们有相同的研究兴趣。"茹纳尔接着说道。

"对的。"柯比激动不已，"我已经为你把那些树根、石头和苔藓都分好类，放进酸奶盒子里了。它们简直太酷了！"

茹纳尔满足地笑着。"或许我们可以一起研究它们。"茹纳尔建议道。

柯比重重地点点头，笑得合不拢嘴。

妈妈从女儿们满是泥土的头发中抬起脸来，友好地看向茹纳尔，"欢迎您，茹纳尔先生。我这就去泡茶和可可，你们可以坐下来，跟我们好好讲讲发生的一切。"

"这提议太完美了，太太。"茹纳尔礼貌地回答，然后拄着拐杖蹒跚地走进海尔曼家。

第二十六章　一周以后

"多……多什么什么，服什么……这上面写的都是什么呀？"咪咪皱了皱眉头。

"上面写着：多功能服务中心。"海莉说道，"你要好好学认字。"

"那'老人之家'又在哪儿呢？"咪咪一边问，一边环顾四周。

"多功能服务中心现在就是老人之家。"海莉说着，把门拧开了。

"真是个奇怪的缩写。"咪咪说道。

"傻瓜，才不是什么缩写呢。快跟上。"海莉说。

服务中心的前厅是浅色的，干净得一尘不染。只有一个瘦瘦的年轻男人，坐在门卫室的玻璃亭子里，埋头在电脑上忙活着。海莉敲了敲玻璃，男人被吓了一跳，他惊讶地看了看海莉那发光的手指头。

"下午好！"咪咪礼貌地打招呼。

"下午好！你们需要什么帮助吗？"男人问道。

"我们来这里叫我哥哥回家吃饭。"咪咪接着说道，"妈妈说，他有时候也应该回家待一待的。"

"你们的哥哥住在这里吗？"门卫问道，"没有成年人和你们一起来吗？在这儿住的人只能由成年人来接回家。"

海莉咯咯笑了起来，而咪咪耐心地解释道："我哥哥当然不住这里啦，他还是个儿童，跟我们一样，明白了吗？他好几个小时前到这里来了，一直不回家。所以我们才到这里来接他回去。"

"原来是这样啊！他在哪个房间里呢？"门卫问道。

"茹纳尔·卡利的房间。"咪咪回答。

"但是我们不知道他的房间是哪个，茹纳尔昨天傍晚才搬到这里来的。"海莉解释道。

"我来查查看，茹纳尔·卡利。他是你们的祖父吗？"门卫一边问，一边盯着电脑认真地敲键盘。

"差不多吧。"咪咪模棱两可地回答。

"不是。"海莉纠正道。

门卫的眼睛从电脑上抬起来，询问地看着这两个小女孩。

"茹纳尔是我们家的好朋友。"海莉强调道。门卫点了点头。

"我们还带了送给茹纳尔的书和其他东西。"咪咪补充说。

门卫再次点了点头，眼睛又看向了电脑。他若有所思地喃喃说道："茹纳尔·卡利，年龄非常大的一位老人。没有家人，甚至连可以登记的身份信息也没有。你们和他是朋友？"

"就是他！"咪咪点了点头，"他的房间在哪个位置呀？"

"等一下哦，我看看。乘电梯到二楼，第一条走廊，第三道门，门上有名字的。你们自己可以找到吗？要不要我叫人带你们过去？"门卫问道。

"我们自己可以的，谢谢！"海莉说道，"走吧，咪咪。"

茹纳尔的房间很好找，因为她们刚出电梯，就听见了柯比和茹纳尔在兴致勃勃地讨论。海莉敲了敲门。

"请进，请进！"茹纳尔高声说道。

咪咪打开门，探头朝门里看去。茹纳尔和柯比正坐在桌子前。桌子上摆满了书、活页纸、笔，还有各种各样的示意图。柯比的脸庞兴奋得红扑扑的。

"快进来，快进来。"茹纳尔高兴地朝她们挥了挥手。

"你们这是在干吗呀？"咪咪颇有兴趣。

"茹纳尔在给我解释事情。"柯比答道。

  "你们的兄弟以后肯定会成为一个优秀的科学家。"茹纳尔夸奖道。

  海莉看向咪咪，咪咪只是开心地微笑着。

  "我们把剩下的这些书带来了。"咪咪指了指海莉手里的塑料袋，"现在，所有的书都已经运到这儿啦！"

  "太好了！"茹纳尔高兴地大声说道，"里面肯定有怪物皮毛研究的第二部分，我们这就把它找出来。可以把书拿过来给我吗？"

海莉把袋子递给了茹纳尔。茹纳尔看起来和昨天不一样，干净清爽了很多。他把雪白的长发剪短了，理了个不错的发型。胡子也全都剃掉了。他身上穿着法兰绒的睡衣，鼻梁上架着一副厚厚的眼镜。茹纳尔的皮肤以前泛着绿色，现在一点儿都看不出来了。

"找到了！"茹纳尔满意地喊道，把那本书从塑料袋里拿出来。

"你看，我妈妈给了你一本空白的笔记本，这样你就可以在上面写研究结果或者记笔记了。"咪咪说着，从袋子里掏出那本红色封面的笔记本。

茹纳尔的脸上洋溢出喜悦的笑容。他打开笔记本，摩挲着内页。"太好了，这纸很耐用。替我好好谢谢你妈妈！"他满意地说道。

"柯比，妈妈说你现在必须回家了。"海莉对柯比说。

"这么着急吗？"柯比问道，"我还有一件事没有跟茹纳尔讨论完呢。"

柯比看向茹纳尔，担心地问："我明天还能再来吗？"

"不行，明天茹纳尔要去我们家待一整天呢！"咪咪提醒他。

"啊这样吗？那后天？"柯比问道。

"当然可以，你想来随时可以来。"茹纳尔说。

"那我后天来！"柯比开心地说道。

"明天见，茹纳尔！"咪咪高兴地告别。

茹纳尔挥了挥手，满脸笑容。"明天见，孩子们。明天见！"

孩子们都已经到院子里了，咪咪突然叫道："哎呀，我的连帽衫落在椅子上了！"

"你没穿连帽衫来啊。"海莉说。

"穿了，我穿了！"咪咪信誓旦旦地说，"我现在去把它取回来，你们可以先走，我待会儿就追上你们。"

"你确定不会迷路？"柯比问道。

"当然不会！"咪咪叫道。

"那行，你去取连帽衫吧。我和海莉在前面，尽量走得特别慢，等你追上我们。"

咪咪转身向后跑去，她穿过停车位，径直跑到服务中心的玻璃门前，然后停下来回头看了一眼。海莉和柯比已经离得很远了。他们没有看向咪咪这边，所以也就没有看到，他们的妹妹其实并没有推开玻璃门，而是沿着建筑物的外墙，悄悄溜到后院。她从那儿径直朝着那条窄窄的林间小道走去，消失在了森林里。

一进森林，咪咪就撒腿跑起来，像一只欢脱轻快的小狐狸。没一会儿，她就来到了蚂蚁窝旁边。她蹲下来看着那两支黑黑的蚂蚁队伍，一支通向地底，另一支从地底爬上来，和之前一模一样。

　　咪咪从口袋里掏出一张折得很小的纸，小心地把它放在蚂蚁队伍上面。有几只蚂蚁脱离队伍，围着纸转圈，来回打量，像是在研究它。

　　"森林南侧大门守门者，"咪咪低声说道，"我已经征得了妈妈的同意，只要你想，可以随时来我们家的浴室做客。我们非常欢迎你来。因为你不认识字，我就给你画了浴室的图片，希望你能看懂，这是一封邀请信。我还在上面画了地图，这样你就能找到我们家的位置。再见啦，给你最好的祝福，咪咪。"

　　蚂蚁抬起纸块，搬着它一起走。咪咪的目光一直跟着信，直到它消失在那棵大杉树底下的地缝里。

　　咪咪又从口袋里掏出一封信，同样把它放在蚂蚁队伍上面，低声说道："给最亲爱的怪物格拉，怪物岛。你要记得什么时候再来我们家做客，我特别想念你。我画了一幅画，里面有你和我，因为你不认识字，而且我其实也不会写字。我画了我在你的怀里，拥抱你。因为我经常很想抱抱你，虽然我会不停地打喷嚏。不过没关系的。给你很多很多的祝福，亲爱的毛绒怪怪。来自咪咪。"

　　蚂蚁爬到纸块的底下，用它们小小的肩膀把信抬了起来。队伍还在行进，蚂蚁飞快地奔跑着。像刚刚那封信一样，这封信沿着同一条路线，朝着杉树底下的地缝快速移动。咪咪站了起来，跟着蚂蚁一起走到地缝那里。纸块很快就溜进地底下消失了。咪咪满意地点了点头。

她再次撒腿跑起来，沿着同一条林间小路，跑回服务中心的后院，然后穿过前院的停车位。不一会儿，她就赶上了海莉和柯比。他们走得慢吞吞的，一点儿也不着急回家，因为妈妈要是知道他们又把咪咪"弄丢"了，肯定会不高兴的。

咪咪气喘吁吁地在柯比和海莉身边停了下来。

"怎么样？"海莉问道。

"什么怎么样？"咪咪不解。

"连帽衫呢？"

"啊对，它不在那儿，我肯定是把它落在家里，忘记穿出来了。"咪咪随意地说。

"我就说吧。"海莉点了点头。

"你说了，说啦。"咪咪做了个鬼脸，然后牵起海莉的手，"几乎被你说对了。"

"什么叫几乎？我就是完全说对了。几乎每次都是。"海莉轻笑了一下，捏了捏咪咪那热乎乎的小手，"你一定是全世界最奇怪的妹妹。快走吧，趁晚餐还没凉透，赶紧回家。"

想要了解更多关于"怪物保姆"的故事，
你还可以看这本书哦！

ISBN 9787530153543

【芬】图迪科·托鲁森　著

王壮　译

11 岁的海莉、9 岁的柯比和 6 岁的咪咪，即将度过一个不同寻常的暑假：他们的妈妈赢得了两个星期的免费假期，还附赠一个保姆照顾孩子。一切看起来都那么的完美，直到保姆站在他们的面前——它是一个怪物。